中国古典神魔小说

〔明〕罗贯中 著

三遂平妖传

河海大学出版社
HOHAI UNIVERSITY PRESS
·南京·

图书在版编目（CIP）数据

三遂平妖传 /（明）罗贯中著. -- 南京：河海大学出版社，2025.6. --（中国古典神魔小说）. -- ISBN 978-7-5630-9602-2

Ⅰ. I242.4

中国国家版本馆CIP数据核字第20254GK201号

丛 书 名 /	中国古典神魔小说
书　　名 /	三遂平妖传
	SAN SUI PING YAO ZHUAN
书　　号 /	ISBN 978-7-5630-9602-2
丛书策划 /	未来趋势
责任编辑 /	朱梦楠　汤思语　夏无双
特约校对 /	俞　婧
装帧设计 /	未来趋势
出版发行 /	河海大学出版社
地　　址 /	南京市西康路1号（邮编：210098）
电　　话 /	（025）83737852（总编室）
	（025）83722833（营销部）
经　　销 /	全国新华书店
印　　刷 /	三河市元兴印务有限公司
开　　本 /	880毫米×1230毫米　1/32
印　　张 /	4.125
字　　数 /	101千字
版　　次 /	2025年6月第1版
印　　次 /	2025年6月第1次印刷
定　　价 /	59.80元

前言

　　《三遂平妖传》，是一部以农民起义故事为题材的白话小说。

　　《三遂平妖传》是明代罗贯中所著。小说以神怪故事的形式讲述了北宋仁宗时镇压胡永儿、王则夫妇所领导的农民起义的故事。因此，有人称此书是"中国小说史上第一部长篇神魔小说"。小说中的人物不是冰冷恐怖的妖魔鬼怪，而是充满人情味、血肉丰满会使各种妖法的活人。小说的语言幽默，人物性格鲜明，艺术上可资借鉴。虽然小说歪曲和丑化了农民起义，称颂宋王朝对起义的镇压，但也真实反映了封建统治者的腐朽和残暴。

　　这部小说的产生，是源于明清时期，社会矛盾日益激化，压迫剥削日益加重，政治黑暗、官员腐败，天灾人祸不断发生，赋税和徭役加重，造成很多农户破产，土地多被皇亲贵族、地主豪绅掠夺霸占，千百万农民因身上无衣、口中无食而无法生存。因此，全国到处都有农民起义爆发，比如明末时期李自成领导的农民起义，又如清代的白莲教起义、捻军起义、太平军起义等，都是社会矛盾激化，民众起来反抗压迫的结果。这些农民起义虽然大都失败了，却大大削弱了朝廷的实力，给统治者以沉重的打击。正是在这样的社会背景下，明清一些文人根据有关农民起义的历史事件编创了这类话本小说。

　　这次再版《三遂平妖传》，我们约请了相关学者，对原著进行了大量的校勘、补正、释义，以纠正原书中的笔误和疑难语句，对原书原来缺字的地方用□表示了出来。因时间仓促，水平有限，难免有所疏失，望广大读者予以指正。

编者

2024 年 11 月

目 录

第 一 回	胡员外典当得仙画	张院君焚画产永儿	001
第 二 回	胡永儿大雪买炊饼	圣姑姑传授玄女法	008
第 三 回	胡永儿试变钱米法	胡员外怒烧如意册	013
第 四 回	胡永儿剪草为马	胡永儿撒豆成兵	020
第 五 回	胡员外女嫁憨哥	胡永儿私走郑州	025
第 六 回	胡永儿客店变异相	卜客长赶永儿落井	034
第 七 回	八角井卜吉遇圣姑姑	献金鼎刺配卜吉密州	040
第 八 回	野林中张鸾救卜吉	山神庙张鸾赏双月	046
第 九 回	左瘸师买饼诱任迁	任吴张怒赶左瘸师	054
第 十 回	莫坡寺瘸师入佛肚	任吴张梦授永儿法	060
第十一回	弹子和尚摄善王钱	杜七圣法术剁孩儿	069
第十二回	包龙图下令捉妖僧	李二哥首妖遭跌死	077
第十三回	永儿卖泥烛诱王则	圣姑姑教王则谋反	087
第十四回	左瘸师散钱米招军	王则被官司拿下狱	096
第十五回	瘸师救王则禁诸人	刘彦威领兵收王则	100
第十六回	王则领众贝州造反	永儿率兵掳掠郡邑	104
第十七回	文彦博领兵下贝州	曹招讨血筒破妖法	106
第十八回	左瘸师飞磨打潞公	多目神救潞公献策	110

第十九回　文彦博偶遇诸葛遂　李鱼羹献计擒王则……………114
第二十回　贝州城碎剐众妖人　文招讨平妖转东京……………123

第一回

胡员外典当得仙画　张院君焚画产永儿

诗曰：

君起早时臣起早，来到朝门天未晓。

东京多少富豪家，不识晓星直到老。

话说大宋仁宗皇帝朝间，东京开封府汴州花锦也似城池，城中有三十六里御街，二十八座城门；有三十六条花柳巷，七十二座管弦楼，若还有答闲[1]田地，莫不是栽花蹴气球。那东京城内势要[2]官宦且不说起，上下有许多员外：有染坊王员外，珠子李员外，泛海张员外，彩帛焦员外，说不尽许多员外。其中有一员外，家中巨富，真个是钱过壁斗，米烂陈仓。家中开三个解库[3]：左边这个解库专当绫罗缎匹；右边这个解库专当金银珠翠；中间这个解库专当琴棋书画，古玩之物。每个解库内用一个掌事，三个主管。这个员外姓胡名浩，字大洪，只有院君[4]妈妈张氏，嫡亲两口儿，别无儿女。正是眼睛有一对，儿女无一人。

一日，员外与妈妈闲坐在堂上，员外蓦然思想起来，两眼托地[5]泪下。妈妈见了，起身向员外道："员外！你家中吃的有，着[6]的有，

---

[1] 答闲：空闲。

[2] 势要：有要势；居要职。

[3] 解库：当铺。

[4] 院君：对官吏、财主之妻的尊称。

[5] 托地：忽地；一下子。

[6] 着：穿。

又不少甚么，家里许多受用；将上不足，比下有余。缘何恁般烦恼？"胡员外道："我不为吃着受用，家私虽是有些，奈我和你无男无女，日后靠谁结果[1]？以此思想不乐。"妈妈说道："我与你年纪未老，终不然就养不出了？或是命里招得迟也未见得。闻得如今城中宝箓[2]宫里，北极佑圣真君甚是灵感。不若我与你拣个吉日良时，多将香烛纸马拜告真君，求祈子嗣。不问是男是女，也作坟前拜扫之人。"便叫养娘侍妾："且去安排酒来，我与员外解闷则个。"夫妻二人吃了数杯，收拾了家火歇息了。又过数日，恰遇吉日良时，叫当值的买办香纸，安排轿马，伴当丫环跟随了，径到宝箓宫门首，歇下轿马，走入宫里来，到正殿上烧香，少不得各殿两廊都烧遍了。来到真武殿上，胡员外虔诚祷祝：生年月日，拜求一男半女，也作胡氏门中后代。员外推金山，倒玉柱[3]，叩齿磕头，妈妈亦然，插烛也拜[4]拜了。又祝告化纸，出宫回家，不在话下。自此之后，每月逢初一、十五日便去烧香求子，已得一年光景。

忽一日，时值五月间天气，天道却有些热。只见中间这个解库托地布帘起处，走将一个先生入来。怎生打扮：

头戴铁道冠，鱼尾模样；身穿皂[5]沿边烈火绯袍。左手提着荆筐篮，右手拿着鳖壳扇。行缠[6]绞脚，多耳麻鞋。

原来神仙有四等：

走如风，立似松，卧如弓，声似钟。

只见那先生揭起布帘入来，看着主管。主管见他道貌非俗，急起

---

[1] 结果：了结；解决。
[2] 宝箓：道家符。
[3] 推金山，倒玉柱：指跪拜。
[4] 拜：可能为"似"字。
[5] 皂：黑色。
[6] 行缠：绑腿布。

身迎入解库，与先生施礼毕，凳上分宾主坐了，忙唤茶来。茶毕，主管道："我师有何见谕？"那先生道："告主管，此间这个典库，是专当琴棋书画的么？"主管道："然也！"先生道："贫道有一幅小画，要当些银两，日后便来取赎。"主管道："我师可借来观一观，看值多少。"主管只道有人跟随他来拿着画，只见那先生去荆筐篮内，探手取出一幅画来，没一尺阔，递与主管。主管接在手里，口中不说，心下思量："莫不这先生作耍笑？跳起来[1]这画儿值得多少？"不免将画儿叉将起来看时，长不长五尺；把眼一观，用目一望，原来是一幅美女图。画倒也画得好，只是小了些，不值甚么钱。主管回身问道："我师要解[2]多少？"只见这先生道："这画非同小可，要解五十两银子。"主管道："告我师！只怕当不得这许多。若论这一幅小画儿，值也不过值三五十贯钱，要当五十两银子，如何解得？"这先生定要当，主管再三不肯。两个正较论[3]之间，只听得鞋履响，脚步鸣，中间布幕起处，员外走将出来，道："主管，烧午香也未？"主管道："告员外，烧午香了！"那先生看着员外道："员外，稽首！"员外答礼道："我师，请坐拜茶！"员外只道他是抄化的。主管道："此位师父有这幅小画，要当五十两银子，小人不敢当，今我师定要当。"员外把眼一觑，道："我师这画虽好，不值许多，如何当得五十两？"那先生道："员外！你只知其一，不知其二。这幅画儿虽小，却有一件奇妙处。"员外道："有甚奇妙处？"先生道："此非说话处，请借一步方好细言。"员外与先生将着手[4]径进书院内，四顾无人，员外道："这画果有何奇妙？"先生道："这画于夜静更深之时，不可教一人看见，将画在密室挂起，

---

[1] 跳起来：马上；突然。此指最多。
[2] 解：典当；抵押。
[3] 较论：分辩；谈论。
[4] 将着手：携着手；拉着手。

烧一炉好香,点两支烛,咳嗽一声,去桌子上弹三弹,礼请仙女下来吃茶。一阵风过处,这画上仙女便下来。"那员外听得,思忖道:"恁地是仙画了!"即同先生出来,交主管:"当与师父去罢。"主管道:"日后不来赎时,却不干小人事。"员外道:"不要你管,只去簿子上注了一笔便了。"员外一面请先生吃斋,就将画收在袖子里,却与先生同入后堂里面坐定吃斋罢,员外送先生出来,主管付五十两银子与他,先生辞别自去。不在话下。

员外在家巴不得到晚,教当值的打扫书院,安排香炉、烛台、茶架、汤罐之类,觉到晚也,与妈妈吃罢晚饭,只见员外思量个计策,道:"妈妈,你先去歇息,我有些账目不曾算清,片时算了便来。"不觉楼头鼓响,寺内钟鸣,看看天色晚了。但见:

十分俄然黑雾,九霄云里星移。八方商旅,回店解卸行装;七星北斗,现天关高垂半侧。绿杨荫里,缆扁舟在红蓼滩头;五运光中,竟赶牛羊入圈。四方明亮,耀千里乾坤;三市夜横凉气。两两夫妻归宝帐,一轮皎洁照军州。

胡员外径到书院,推开风窗,走进书院里面。吩咐当值的:"你们出去外面伺候。"回身把风窗门关上,点得灯明了,壁炉上汤罐内汤沸沸地滚了。员外烧一炉香,点起两支烛来,取过画叉,把画挂起,真个是摘得落[1]的娇娆美人。员外咳嗽一声,就桌子上弹三弹,只见就桌子边微微地起一阵风。怎见得这风?

善聚庭前草,能开水上萍;动帘深有意,灭烛太无情。

入寺传钟响,高楼送鼓声;唯闻千树吼,不见半分形。

风过处,只见那画上美人历历地一跳,跳在桌子上;桌子上一跳,跳在地上。这女子脚到头五尺三寸身材,生得如花似玉,白的是皮肉,

---

[1] 摘得落:取下来。

黑的是头发。怎见得有许多好处？

添一指太长，减一指太短。施朱太赤，付粉太白。不施脂粉天然态，纵有丹青画不成。有沉鱼落雁之容，闭月羞花之貌。

只见那女子觑着员外，深深地道个万福。那员外急忙还礼，去壁炉上汤罐内倾一盏茶递与那女子，自又倾一盏茶陪奉着。吃茶罢，盏托归台，不曾道个甚么，那女子一阵风过处，依然又上画上去了。员外不胜之喜，即时自收了画，叫当值的来收拾了，员外自回寝室歇息。不在话下。自此夜为始，每日至晚便去算账。

却说张院君思忖道："员外自前到今，约有半月光景，每夜只说算账，我不信有许多得算。"不免叫丫环将灯在前，妈妈在后，径到书院边，近风窗听时，一似有妇人女子声音在内。妈妈轻轻地走到风窗边，将小姆指头蘸些口唾，去纸窗上轻轻地印一个眼儿，偷眼一张，见一个女子与员外对坐了说话。这妈妈两条忿气从脚板底直灌到顶门上，心中一把无明火高了三千丈，按纳不下，舒[1]着手，推开风窗门，打入书院里来。员外吃了一惊，起身道："妈妈做甚么？"那妈妈气做一团，道："做甚么？老乞丐！老无知！做得好事！你这老没廉耻，每夜只推算账，到今半月有余，却在这里为这等不仁不义的勾当！"正闹里，只见那女子一阵风过处，已自上画去了。那妈妈气喷喷地唤："梅香！来与我寻将出来！教你不要慌！"员外口中不道，心下思量，自道："你便把这书院颠倒翻将转来，也没寻处。"那妈妈寻不见这个女子，气作一堆，猛抬头起来，周围一看，看见壁上挂着这幅美女，妈妈用手一扯，扯将下来，便去灯上一烧，烧着，放在地上。员外见妈妈气，又不敢来夺。那画烘烘地烧着，纸灰在地上团团地转，看看

---

[1] 舒：伸。

旋来妈妈脚边来，妈妈怕烧了衣服，退后两步，只见那纸灰看着妈妈口里只一涌，那妈妈大叫一声，匹然[1]倒地。胡员外慌了手脚，叫迎儿、梅香相帮扶起来，坐在地上，去汤罐内倾些汤，将妈妈灌醒，扶将起来，交椅上坐地。妈妈道："老无知做得好事！"唤养娘："且扶我去卧房中将息。"妈妈睡到半夜光景，自觉身上有些不快。自此之后，只见妈妈眉低眼慢，乳胀腹高，身中有孕。胡员外甚是欢喜，却有一件心中不乐：被妈妈烧了这画，恐后那先生来取，怎得这画还他？不在话下。

　　时光似箭，日月如梭。经一年光景，妈妈将及分娩，员外去家堂[2]面前烧香许愿，只听得门首有人热闹，当值的来报员外道："前番当画的先生在门前。"胡员外听得说，吃了一个蹬心拳[3]，只得出来迎接道："我师，又得一年光景不会。不敢告诉，今日我房下[4]正在坐草[5]之际，有缘得我师到来。"只见那先生呵呵大笑道："妈妈今日有难，贫道有些药在此。"就于荆筐篮内取出一个葫芦儿来，倾出一丸红药，递与员外，教将去用净水吞下，即时便分娩。员外收了药，留先生斋了，先生自去，亦不提起赎画之事。

　　且不说先生，却说员外将药与妈妈吃了，无移时生下一个女儿来，员外甚是欢喜。老娘婆收了，不免做三朝、满月、百岁、一周，取个小名：因是纸灰涌起腹怀有孕，因此取名叫做永儿。

　　光阴似箭，日月如梭，不觉永儿长成七岁。员外请一个先生在家教永儿读书，这永儿聪明智慧，教过的便会。易长易大，看看十岁。

---

[1] 匹然：突然。
[2] 家堂：家祠。
[3] 蹬心拳：喻触心的言语。
[4] 房下：对人称自己的妻子。
[5] 坐草：妇女临产。

时遇八月十五日中秋夜，至晚来，胡员外打发各解库掌事及主管回家赏中秋，吩咐院子俱各牢拴门户，仔细火烛。至晚好轮明月。但见：

　　桂华离海峤，云叶散天衢。彩霞照万里如银，玉兔映千山似水。一轮皎洁，能分宇宙澄清；四海团圆，解使乾坤明白。影摇旷野，惊独宿之栖鸦；光射幽窗，照孤眠之怨女。冰轮碾破三千界，玉魄横吞万里秋。此夜一轮满，清光何处无。

却说胡员外、妈妈、永儿三口儿，其余奶子[1]侍婢伏事着，自在后花园中八角亭子上赏中秋，饮酒赏月。只因这日起，有分教：胡员外弄做了衣不充身，食不充口；争些个几乎儿三口儿饿死。正是：

　　福无双至从来有，祸不单行自古闻。

毕竟变出甚祸事来？且听下回分解。

---

[1] 奶子：妈妈。

第二回

胡永儿大雪买炊饼　圣姑姑传授玄女法

诗曰：
近日厨中乏短供，婴儿啼哭饭箩空。
母因低说向儿道，爹有新诗调相公。

当夜胡员外与张院君、永儿三口儿，正在后花园中八角亭子上赏中秋饮酒，只见门公慌慌忙忙来报道："员外，祸事！"员外道："祸从何来？事在那里？"门公道："外面中间这个解库里火起！"员外和妈妈、永儿吃那一惊不小，都立下亭子来看时，果然是好大火。怎见得这火大？

初如萤火，次若灯光。然后似千条蜡烛焰难当，万个生盆敌不住。骊山顶上，料应褒姒逞英雄；夏口三江，不弱周郎施妙计。烟烟焰焰卷昏天地，闪烁红霞接火云。一似丙丁扫尽千千里，烈火能烧万万家。

这火正把房屋烧着，员外教妈妈与永儿："且不要慌！便烧尽了，也穷我们下半世不得！"只见那火焰腾腾，刮刮匝匝只顾烧着，风又大得紧，地方许多人都救不灭，直烧了一夜。三口儿只得在八角亭子上权歇。等天晓起来，叫人去扒火地盘，众人去扒看，开了口合不得，睁了眼闭不得。胡员外不想被这场天火烧得寸草皆无，前厅、后楼、过路、当房、侧屋都烧净了。只指望金银器皿、铜锡动用什物，虽然烧烊了也还在地下，叫人扒看时，不料都被天收了去。上半世有福受用，如今福退了，满火地盘扒看，并没寻处。就在亭子上住下，早晚饭食皆无，亲邻朋友处送了几食，又不免去借些柴米，只好一遭两次。一日三，三日九，半年周岁，口内吃的，身上穿的，件件皆无。将空地央人卖，又无人要。看看穷得褴褛，去求相识，在家里只说不在；日常里认得的，只做不看见。自古道：贫居闹市无人问，富在深山有远亲。又道：百万豪家一焰穷。那胡员外在亭子上一住，四下又无壁落[1]，风雨雪下，怎地安身？不免搬去不厮求院子里住；就似于今孤老院一般。时逢仲冬，彤云密布，朔风凛冽，纷纷扬扬下一天好大雪。怎见得这雪大？

　　严冬天道，瑞云交飞，江山万岭尽昏迷。桃梅斗艳，琼玉争辉。江上群鸳翻覆，空中鸥鹭纷飞，长空六出满天垂。野外鹅毛乱舞，檐前铅粉齐堆；不是贫穷之辈，怎知寒冷之时，正是：尽道丰年瑞，丰年瑞若何？长安有贫者，宜瑞不宜多！

爱雪的是高楼公子，嫌雪的是陋巷贫民。在东京城里这个才落薄的胡员外，夫妻二人并女儿叫做永儿，原是大财主，只因天火烧得落难，荡尽了家私，搬在不厮求院子里住。正逢冬天雪下，三口儿厮守着地炉子坐地，日中兀自没早饭得吃。妈妈将指头向员外头上指一指，胡员外抬起头来看见，道："妈妈没甚事？"妈妈道："怎地没甚事！大雪下，屋里没饭米；我共尔忍饥受饿便合当，也曾吃过来。"指着永儿道："他今年只得十五岁，曾见甚么风光来？教我儿忍饥受饿！"胡员外道："没计奈何，教我怎生是好？"妈妈道："你是养家的人，外面却才雪下，若一朝半日冻住了，急切出去不得，终不成我三口儿直等饿死？你趁如今出去，见一两个相识，怕赚得三四百文钱归来，也过得几日。"员外道："我出去见兀谁[2]是得？"

---

[1]壁落：墙。
[2]兀谁：谁。

妈妈道："你不出去，终不成我出去？"胡员外吃妈妈逼不过，起身道："且把腰系紧些个。"开了门出去，走得两步，倒退了三步，口里道："好冷！"劈面冷风似箭，侵人冷气如刀，被西北风吹得倒退几步，欲复回来，妈妈又把门来关上了。没计奈何，只得冒着风雪了走。走出不厮求院子来告[1]人，不在话下。

且说妈妈共女儿冷冷清清坐着，永儿道："爹爹出去告人，未知如何？"永儿又道："妈妈！雪又下得大，风又冷，爹爹去告谁的是？"妈妈道："我儿！家中又没钱，不叫爹爹出去，终不成我出去？我儿！你且去床头边寻几文铜钱，将去买几个炊饼来做点心，待你的爹爹回来，却又作道理。"当时永儿去床头寻得八文铜钱，娘道："我儿出巷去买几个炊饼来，你且胡乱吃几个充饥。"永儿将衣襟兜着头，踏着雪走出不厮求院子来。到大街卖炊饼处，永儿便与卖炊饼的道个万福，道："哥哥，买七文铜钱炊饼。"小二哥接了铜钱，看那女孩儿身上好生褴褛。永儿剩一文钱，把来系在衣带上。小二哥把一片荷叶包了炊饼，递与永儿，永儿接了，取旧路回来，已是未牌时分。沿着屋檐正走之间，只见一个婆婆从屋檐下来，挂着一条竹棒，胳膊上挂着一个篮儿。那婆婆腰驼背曲，眉分两道雪，鬓挽一窝丝。眼如秋水微浑，发似楚山云淡。形如三月尽头花，命似九秋霜后菊。却原来是个教化婆子，看着永儿道个万福，永儿还了礼。婆婆道："你买甚么来？"永儿道："家中母亲叫奴家买炊饼来。"那婆婆道："我儿！好叫你知道，我昨日没晚饭，今日没早饭。你肯请我吃个炊饼么？"永儿口中不道，心下思量："我妈妈也昨日没晚饭，今日没早饭。这婆婆许多年纪，好不忍见！"解开荷叶包来，把一个炊饼递与婆婆。婆婆接得在手，看了炊饼道："好却好了，这一个如何吃得我饱，何

---

[1] 告：求；请求。

第二回　胡永儿大雪买炊饼　圣姑姑传授玄女法　‖ 011

不都与了我？"永儿道："告婆婆，奴家却不敢都把与你。家中三口儿两日没饭得吃，妈妈教爹爹出去告人，只留得八文铜钱，教奴家出来买炊饼，大的妈妈吃，小的是奴奴吃的。因见婆婆讨，奴奴只得让一个与婆婆吃。"婆婆道："你妈妈问炊饼如何买得少了，你却说甚的？"永儿道："妈妈问时，只说奴奴肚饥，就路上吃了一个。"婆婆道："难得我儿好心！我撩拨你耍子，我不肚饥，我不要吃，还了你。"永儿道："我与婆婆吃的，如何还了奴奴？"婆婆道："我试探你则个，难得你这片好慈悲孝顺的心。你识字么？"永儿道："奴奴识得几个字。"婆婆道："我儿，恁地却有缘法！"伸手去那篮儿内取出一个紫罗袋儿来，看着永儿道："你收了这个袋儿。"永儿接了袋儿道："婆婆！这是甚么物事？"婆婆道："这个唤做'如意册儿'，有用它处。若有急难时，可开来看。你可牢收了。册儿上倘有不识的字，你可暗暗地唤'圣姑姑'，其字自然便识。切勿令他人知道。"永儿把册儿揣在怀里，谢了婆婆，婆婆自去了。

永儿拿着炊饼到家，娘问道："我儿如何归来得迟？"永儿道："妈妈！街上雪滑难行。"娘儿两个吃了炊饼，不多时，只见员外归来。妈妈道："你去这半日，见甚人来？"员外道："好教你知道，外面见个相识，请我吃了酒饭，又与我三百足钱。"妈妈欢喜，教员外道："你去籴[1]些米，买些柴炭，且过两三日，又作区处。"免不得做些饭吃。到晚去睡，永儿却睡不着，自思："日间的那婆婆与我册儿时说道，有急难便可开来看。如今没饭得吃，也是一个急难，我且将去开来看一看。"永儿款款地起来，轻轻穿了衣裳，惊觉娘道："我儿那里去？"永儿道："我肚疼了，要去后则个。"下床来着了鞋儿，到厨下，雪光如同白日。永儿去怀中取出紫罗袋儿来，打一抖，抖出一个册

---

[1] 籴（dí）：买入粮食。

儿来看时，只因胡永儿看了这个册儿，会了这般法术，直使得自古未闻，于今罕有。正是：

数斛[1]米粮随手至，百万资财指日来。

毕竟永儿变得钱米么？且听下回分解。

---

[1] 斛（hú）：古代量器。

第三回

胡永儿试变钱米法　胡员外怒烧如意册

诗曰：

九天玄女好惊人，但恐于中传不真。

只为一时风火性，等闲烧了岁寒心。

当夜胡永儿看那册儿上面写道："九天玄女法"。揭开第一板看时，上面写道：

变钱法——画着一条索子，穿着一文铜钱。——要打个肐膝放在地上，用面桶盖着。舀一碗水在手，依咒语念七遍，含口水望下一喷，喝声："疾！"揭起面桶，就变成一贯铜钱。

永儿即时寻了一条索子，将日间买炊饼剩的一文铜钱解下衣带来，穿在索子上，打了肐膝，放在地上，寻面桶来盖了。去水缸内舀一碗水在手，依咒语念了七遍，含口水望下只一喷，喝声："疾！"放下水碗，揭起面桶打一看时，青碗也似一堆铜钱！永儿吃了一惊，没做理会处。思量道："若把去与爹爹妈妈，必问是那里来的？"永儿就心生一计，开了后门，一撒撒在自家笆篱内雪地上，只说别人暗地里舍施贫的。便把后门关上，入房里来，把册儿藏了。娘道："女儿！肚里疼也不？"永儿道："不疼了。"依然上床再睡。

到天晓三口儿起来，烧些面汤，娘的开后门泼那残汤，忽见雪地上有一贯钱，吃了一惊，忙捉了把去与员外看了，道："不知谁人撒这贯钱在后面雪地上！"那胡员外道："妈妈！宁可清贫，不可浊富。我的女儿长成，恐有不三不四的后生来撩拨他，把这铜钱来调戏。"

妈妈道："你好没见识，东京城有多少财主做好事，济贫拨苦[1]，见老大雪下，院子里有许多没饭吃的，夜间撒来人家屋里来舍贫。我女儿又不曾出去，你却这般胡说！"员外道："也说得是。我昨日出去，求人三二百钱兀自不能够得。如今有这一贯钱，且籴五百钱米，买三百钱柴，二百钱把来买些盐、酱、菜蔬下饭，且不烦恼雪下。"三口儿到晚去睡，到二更前后，永儿自思："昨日变得一贯钱也好，今日再去安排看。"永儿款款地起来，着了衣服，娘问道："我儿做甚么？"永儿道："肚里又疼，要去后则个！"娘道："苦呀！我儿先前那几日有一顿没一顿，这两日有些柴米，不知饥饱，只顾吃多了。明日教爹爹出去赎[2]帖药吃！"永儿下床，来到厨下，一似昨日安排。如法用索穿钱，用面桶盖了，念了咒，喷一口水，揭起桶来看时，和夜来一般，又有一贯钱。永儿开后门，把这钱又安在雪地上，关了后门，入房里睡。到天晓，妈妈起来烧汤洗面，开后门泼汤，又看见一贯钱，好欢喜，拿了回来。胡员外道："好蹊跷，这钱来得不明！"妈妈道："莫胡说，我不怕！这是当方神道不忍见我们三口儿受苦，救济我们，又把这一贯钱安在我家。"员外见说，只得买柴、籴米、买菜，安在家中。过三五日，雪却消了，天晴得好。妈妈对员外道："趁家中还有几日粮食，你出去外面走一遭，倘撞见熟人，赚得三五百钱也好。"员外听得说，只得走出去。妈妈心宽无事，出去邻舍家吃茶闲话。

永儿见娘出去，屋里没人，关了前门，取出册儿，揭开第二板看时，上面写着："变米法。"永儿道："谢天地！既是变得米，忧甚么没饭吃！"寻个空桶，安在地上，将十数粒米安在空桶内，把件衣服盖了，念了咒，喷一口水，喝声道："疾！"只见米从桶里涌将出来。永儿心慌，不曾念得解咒，米突突地起来，桶箍长久却是烂的，忽然一声响，断了

---

[1] 拨苦：拨，除去。拨苦，除去贫苦。
[2] 赎：用财物换东西。

桶箍，撒一地米。永儿见了，失声叫苦。娘在隔壁听得女儿叫苦，与邻舍都过来看，被生人一冲，米便不长了，只见地上都是米。娘共邻舍都吃一惊，道："如何有这许多米？"永儿生一个急计，唤做脱空计，道："好教妈妈得知，一个大汉驮一布袋米，把后门挨开来，倾下米在此便去了。吃他一惊，因此叫起来。"娘道："却是甚人，是何意故？"只见隔壁张阿嫂道："胡妈妈！你直恁地不晓得。是那有钱的员外财主，见雪雨下了多日，情知院子里有万千没饭吃的，做这样好事。不教人知道，撒钱、撒米在人家里，这是阴骘[1]；若明明地舍，怕人罗唣。这个何足为道！"娘和女儿一边收拾，邻舍们各自去了。两个兀自收拾未了，胡员外却好归来，见娘儿两个在地下扫米，便焦躁起来道："那见你娘儿两个的做作！才有一两顿饭米，便要作塌[2]了！"妈妈道："我如何肯作塌！教你看，缸里，瓮里，瓶里，桶里，都盛得满了，这里还有许多，兀自没家生得盛里！"员外看了，吃惊道："这米却是那里得来？"妈妈道："你出去了，我在隔壁吃茶，只听得女儿叫起来，我连忙赶将归来，看见一地都是米。"员外道："却是作怪！这米从何来？"妈妈道："永儿说见一个大汉，驮着一袋米来挨开后门，倾下米在家里便去了。"那胡员外是个晓事的人，开了后门看，笆篱里外都没有人来往的脚迹。员外把后门关了，入来寻条棒在手里，叫："永儿！"永儿见叫不敢来，员外扯将过来。妈妈道："没甚事打孩儿做甚么！"员外道："且闭了口！这件事却是厉害！前日两贯钱来得跷蹊，今日米又来得不明。教这妮子实对我说，我便不打他；若一句不实，我一顿便打杀他！我问他因何有这两贯钱在雪地上？因何有这米在屋里？"永儿初时抵赖，后来吃打不过，只得实说道："不瞒爹爹、妈妈说，那一日初下雪时，爹爹出去了。妈妈教我出去买炊饼了回来，

[1] 阴骘（zhì）：阴德。
[2] 作塌：糟蹋。

路上撞见一个婆婆,看着我说肚饥,问我讨炊饼吃。是奴不忍见,把一个小炊饼与那婆婆,他道:'我不要你的吃,试探你则个。'便还了我。道是:'难得你慈悲孝顺好心。'便把我一个紫罗袋儿,内有一个册儿,说道:'你若要钱和米,看这册儿上咒语,都变得出来。'不合归来看耍,看那册儿上念咒,真个变得出来。"胡员外听得说,叫苦不知高低,道:"如今官司见今张挂榜文要捉妖人,吃你连累我,我打杀这妮子,也免我本身之罪!"拿起棒来便打。永儿叫:"救人!"只见隔壁干娘听得打永儿,走过来劝时,却关着门。干娘叫道:"员外饶了孩儿则个!闲常时不曾这般焦躁,为甚事打他?妈妈也不劝劝!"员外道:"干娘!可奈这妮子……"又不敢明说,脱口说出一句道:"册儿上面都是闲言闲语。"干娘听得员外说"册儿",便叫道:"你女儿年纪小,又不理会得甚么,须是街坊上浮浪子弟们撩拨他论口辩舌。若不中看的,你只把这册儿来烧了,何须把孩儿打?"员外道:"也说得是。"看着永儿道:"你把册儿来我看!"那永儿去怀中取出册儿来,递与爹爹。员外接了道:"你记得上面的言语也不?"永儿道:"告爹爹,记不得。若看上面时,便读得出。"员外叫妈妈点一碗灯来,把册儿烧了。看着永儿道:"今日看干娘面皮[1],饶你这一遭。后番若再恁地,活打杀你!"永儿道:"告爹爹,再不敢了!"干娘自去了。员外道:"又是我夫妻福神重,只是自家得知;若还外人得知时,却是老大利害!"从今日米缸里便有米,床头边便有钱;古人原说是"坐吃箱空,立吃地陷"。一日三,三日九,那里过得半月十日,缸里吃的空了,床头钱使得没了,依然有一顿没一顿。求告人又没求告处,频繁即乱,依先没饭得吃。

妈妈思量起永儿变钱变米,冷痛热疼埋怨老公道:"你却把永儿

---

[1]面皮:脸面。

来打,又烧了他的册儿;今日你合该饿死,连累我和女儿受苦。你如何做这般人,靠米缸饿死,教我娘儿两个忍饥受饿!"员外道:"事到如今,也没奈何,你只顾埋怨我怎地?"妈妈道:"才得有些饭吃,便生出许多事来!你既然大胆打他,须有用处置钱米。于今穷性命尚在,那册儿却把来烧了!"员外道:"是我一时没思算,千不合万不合烧了,早知留了那册儿也好。"妈妈道:"你省口时却迟了。这永儿自从吃爹爹打了,便不来爹娘身边来,只在房里。"员外道:"没奈何,我陪些下情央我女儿,想他还记得,再变得些钱和米答救我们,我且去问他看。"员外走进房内,赔着笑道:"我儿!爹爹问你则个,册儿上变钱米的法你记得也不记得?"永儿道:"告爹爹,不记得。"妈妈道:"死汉走开!"娘的向前道:"我儿!看娘面,记得便救娘的性命则个。"员外道:"我这番不打你了!"永儿道:"前番因爹爹打了,都忘记了;暗暗也记得些儿,不知用得也不?爹爹,你去桌子上坐定,我教你看。"员外依着女儿口,桌子上坐了。只见女儿念念有词,喝声道:"疾!"那桌子从空便起,吓得妈妈呆了。员外头顶着屋梁叫:"救人!"下又下不来,若没这屋,直起在半天里去了。那时员外好慌,看着女儿道:"这个是甚么法,且教我下来!"永儿道:"教爹爹知道,变钱米法都忘了,只记得这个法,救不得饥,又救不得急。"员外道:"且放我下来!"永儿口中念念有词,喝声道:"疾!"桌子便下来了。员外道:"好险!几乎儿跌下来!"永儿道:"爹爹,去寻两条索子来,且变一两贯钱来使用。"只见那员外双手抱着三条索子,看着永儿道:"我儿做你着,一客不烦两主人,多变得三四百贯钱,教我快活则个。事发到官,却又理会。"娘和女儿忍不住笑。永儿把那索子缚一文钱,一贯变十贯,十贯变百贯,百贯变千贯,自从这日为始,缸里米也常常有,员外自身边也常有钱买酒食得吃,衣服逐件置办。

一日,员外出去买些东西归来,永儿道:"爹爹!我教你看件东西！"去袖子里摸出一锭银子来。员外接得在手里,掂一掂看,约有二十四五两重。员外道:"这锭银子那里来的?"永儿道:"早起门前看见买香纸的老儿过,车儿上有纸糊的金银锭,被我捉了一锭,变成真的。"员外道:"变得百十贯钱值得甚么?若还变得金银时,我三口儿依然富贵!"走到纸马铺里,买了三吊金银锭归来,看着女儿道:"若还变得一锭半锭,也不济事,索性变得三二十锭,也快活下半世。"永儿接那金银锭安在地上,腰里解下裙子来盖了,口中念念有词,喷上一口水,喝声道:"疾!"揭起裙子看时,只见一堆金、一堆银在地上。胡员外看了,欢喜自不必说了,都是得女儿的气力,变得许多金银。员外看着妈妈和永儿,商议道:"如今有了金银,富贵了,终不成只在不厮求院子里住?我思想要在热闹去处寻间房屋,开个彩帛铺,你们道是如何?"妈妈道:"我们一冬没饭得吃,终日里去求人,如今猛可地去开个彩帛铺,只怕被人猜疑。"员外道:"不妨,有一般一辈的相识们,我和他们说道,近日有个官人照顾我,借得些本钱;问牙人见买一半,赊一半,便不猜疑了。"妈妈道:"也说得是。"当日胡员外打扮得身上干净,出去见几个相识,说道:"我如今承一个官人照顾我,借得些本钱,要开个小铺儿。你们众位相识们肯扶助我么?只是要赊一半,买一半,作成小子则个。"众人道:"不妨!不妨!都在我们身上。"众相识一时说了,去那当坊市井赁得一间屋子,置些橱柜家火物件,拣个吉日开张铺面,把一贯货物卖别人八百文,人人都是要便宜的,见卖得贱,货物又比别家的好,人便都来买。铺里货物,件件卖得,员外不胜欢喜。家缘渐渐地长,铺里用一个主管,两个当值,两个养娘。没两年,一个家计甚是次第[1],依先做了胡员外。

别家店里见他有人来买,便疑道:"跷蹊作怪,一应货物,主人

---

[1] 次第:齐整。

都从里面取出来！"主管又疑道："货物如何不安在橱里，都去里面去取？"胡员外便理会得，他们疑忌缎匹从里面取出来。自忖道："我家又不曾买，却是女儿变将出来的。如今吃别人疑忌，如何是好？"过了一日，到晚收拾了铺，进里面教安排晚饭来吃，养娘们搬来，三口儿吃酒之间，员外吩咐养娘道："你们自去歇息，我们要商量些家务事。"养娘得了言语，各自去了，不在话下。员外与永儿说道："孩儿！一个家缘家计，皆出于你。有的是金银缎匹，不计其数；外面有当值的，里面有养娘，铺里有主管。人来买的缎匹，他们疑道只见卖出去，不曾见上行。从今以后，你休在门前来听了；卖得百十贯钱值得些甚么，若是露出斧凿痕来，吃人识破，倒是大利害，把家计都撇了。今后也休变出来了。"永儿道："告爹爹，奴奴自在里面，只不出来门前听做买卖便了。"员外道："若恁地甚好！"叫将饭来吃罢，女儿自归房里去了。

自从当晚吩咐女儿以后，铺中有的缎匹便卖，没的便教去别家买；先前没的便变出来，如今女孩儿也不出铺里来听了。胡员外甚是放心。隔过一月有余，胡员外猛省起来："这几日只管得门前买卖，不曾管得家中女儿。若纳得住定盘星便好，倘是胡做胡为，教养娘得知，却是厉害！"胡员外起这个念头来看女儿，有分教：朝廷起兵发马，永儿乱了半个世界，鼎沸[1]了几座州城。正是：

农夫背上添军号，渔父船中插认旗[2]！

毕竟胡永儿做出甚跷蹊事来？且听下回分解。

---

[1] 鼎沸：像水在鼎里沸腾。比喻喧闹、混乱。
[2] 认旗：军中作为标志、信号的旗帜。

第四回

胡永儿剪草为马　　胡永儿撒豆成兵

诗曰：

妖邪异术世间稀，五雷正法少人知。

世上若教邪作正，天地神明必有私。

当日胡员外走入堂里，寻永儿不见，房里亦寻不见，走到后花园中，也寻不见。从柴房门前过，见柴房门开着，员外道："莫不在这里面么？"移身挺脚，入得柴房门，只见永儿在那空阔地上坐着一条小凳儿，面前放着一只水碗，手里拿着个朱红葫芦儿。员外自道："一地里没寻他处，却在此做甚么？"又不敢惊动他，立住了脚且看他如何。只见那永儿把那葫芦儿拔去了塞的，打一倾，倾出二百来颗赤豆并寸寸剪的稻草在地下，口中念念有词，哈口水一喷，喝声道："疾！"都变做三尺长的人马，都是红盔、红甲、红袍、红缨、红旗、红号、赤马；在地上团团地转，摆一个阵势。员外自道："那个月的初十边，被我叮咛得紧，不敢变物事，却在这里舞弄法术。且看他怎地计结[1]？"只见永儿又把一个白葫芦儿拔去了塞的，打一倾，倾出二百来颗白豆并寸寸剪的稻草在地下，口中念念有词，哈口水一喷，喝声道："疾！"都变做三尺长的人马，都是白盔、白甲、白袍、白缨、白旗、白号、白马，一似银墙铁壁一般，也排一个阵势。永儿去头上拔下一条金篦儿来，喝声："变！"手中篦儿变成一把宝剑，指着两边军马，喝声道：

---

[1] 计结：结果；解决。

"交战！"只见两边军马合将来，喊杀连天。惊得胡员外木呆了，道："早是我见，若是别人见时，却是老大的事，终久被这妮子连累。要无事时，不如早下手，顾不得父子之情！"员外看了十分焦躁，走出柴房门，去厨下寻了一把刀，复转身来。

却说胡永儿执着剑，喝人马左盘右旋，合龙门交战，只见左右混战，不分胜败。良久，阵势走开，赤白人马分做两下。永儿道："收人马！"只见赤白人马，依先变成赤豆，白豆，寸草，永儿收入红白葫芦儿内了。胡员外提起刀，看着永儿只一刀，头随刀落，横尸在地。员外看了，心中好闷，把刀丢在一边，拖那尸首僻静处盖了，出那柴房门把锁来锁了，没精没采走出彩帛铺里来坐地。心中思忖道："罪过！我女儿措办许多家缘家计，适来一时之间，我见他做作不好，把他来坏了。也怪不得我，若顾了他时，我须有分吃官司。宁可把他来坏了，我夫妻两口儿倒得安迹。他的娘若知时，如何不气？终不成一日不见，到晚如何不问着甚么道理杀了他？"

胡员外坐立不安，走出走入有百十遭。到晚收了铺，主管都去了，吩咐养娘："安排酒来，我与妈妈对饮三杯。"员外与妈妈都不提起女儿，两个吃了五七杯酒，只见员外叹了一口气，簌簌地两行泪下。妈妈道："没甚事如何这等哭？"员外道："我有一件事，又是我的不是。我们夫妻两个方得快活，我看女儿做作不好，一时间见不到，把他来坏了。恐怕你怪，你不要烦恼。"妈妈道："员外怎地说这话，孩儿又做甚么跷蹊的事？"员外把那永儿变人马之事，从头至尾说了一遍。妈妈听得说，搥胸顿脚哭将起来，道："你忘了三年前在不厮求院子里住时忍饥受冻，不是我女儿，如何有今日？你便下得手，把我孩儿来坏了！"员外道："是我一时间焦躁，你休怨我，且看日常夫妻之面！"妈妈道："你杀了我女儿，我如何不烦恼！"妈妈又疑道："适才我见女儿好好地在房里，如何说是坏了？"乃问道："你是几时杀的？"员外道："是日间杀的。"妈妈道:"既是日间杀的,我教你看一个人!"妈妈入去不多时,劈胳膊拖将出来。员外仔细看时:"正是我女儿!日间我一刀剁了,如何却活在这里?"唬得员外失惊道:"终久被这作怪的妮子连累,不免略施小计,保我夫妻二人性命。"

胡员外含糊过了一夜,次日早起,先去开柴房门看时,唬得员外呆了,只见刀在一边,剁的尸首却是一把竹扫帚。员外道:"嗐,嗐!留他不得了,教他离了我家便了!"遂出来与妈妈商议道:"常言道男大须婚,女大须嫁。如今永儿年已长成,只管留他在家,不是久长之计,他的终身也是不了。"妈妈道:"说得是。"便叫当值的,去前街后巷叫两个媒人来。当值的去不多时,叫得两个媒人,一个唤做张三嫂,一个唤做李四嫂。两个来到堂前,叫了员外、妈妈万福。妈妈教坐了,叫点茶来;茶罢,叫安排酒来。张三嫂起身来告妈妈和员外道:"叫媳妇们来,不知有何使令?"员外道:"且坐,你二人曾见我女儿么?"张三嫂道:"前次曾见小娘子来,好个小娘子!"员外道:"我家只养得这个女儿,年方一十八岁,要与他说亲,特请你二人来商议则个。"张三嫂道:"谢员外、妈妈照顾媳妇。既是小娘子要说亲事,不知如今要入赘却是嫁出去?"胡员外道:"我只是嫁出去。"李四嫂道:"若要嫁出去时,这亲事却有。"员外取出六两银子来,道:"与你二人做脚步钱。若亲事成时,自当重重地谢你。"两个接了银子,谢了出来,分了银子。两个于路上说道:"那里有门厮当、户厮对的好人家?"李四嫂道:"我有一头好亲事在这里拖带你。"张三嫂道:"是谁家?"李四嫂道:"是大桶张员外有个儿子,年二十二岁,只要说一个好媳妇。我和你去走一遭,且讨三杯酒吃。"两个径来到张员外家,张员外见两个媒人来,便问道:"二位有何事到我家?"张三嫂道:"有一门好亲,特地来说。"员外道:"有多少媒人来说过,都不成得。如今不知是谁家女儿?"张三嫂道:"是开彩帛铺胡员外的女儿,年方一十八岁,且是生得好。"张员外道:"我曾在金明池上见来,真个生得好。则是我只有这个儿子,我却不肯入赘。"张三嫂道:"胡员外也要嫁出来。"张员外见说,十分欢喜,交安排酒来,二人吃了三杯,取出三两银子与他两个,说道:"若亲事成时,别有重谢。"两个收了银子,作谢出来,一路上商量道:"今日是好日,都顺溜。"复到胡员外宅里,见了员外,教坐道:"难得你们用心,才去说便有。"张三嫂道:"告员外,说的是大桶张员外的儿子,只有这个小官人;年方二十二岁,与宅上门当户对;真个十分伶俐,写又写得好,算又算得好,人材又出众。"胡员外听说了道:"且放过这头亲事。"两个媒人道:"员外!恁地一头好亲事,如何却教放过了?"胡员外道:"我心里便是有些不在意,你两个别有亲事再来说。"两个只得出来,张三嫂道:"虽是这头亲事不成,且赚得几两银子,大家且归去再思量。"二人别了,到次日饭罢,只见张三嫂来见李四嫂道:"你有甚好亲事么?"李四嫂道:"我思量一夜,没有好的。昨日说的张员外,门当户对兀自不肯!"张三嫂道:"我有一头好亲在这里,是金沙唐员外有个儿子,年方二十岁,几番要说媳妇,只是不中他意。若说胡员外宅里女儿必成。"李四嫂道:"好!好!我同你去走一遭。"两个走到唐员外宅上来,只见唐员外在门前闲坐,见两个媒人一径地走来,员外教:"请里面坐。"张三嫂道:"告员外,有一头好亲事,特地来与宅里小官人说。"唐员外道:"是那一家?"张三嫂道:"是开彩帛铺的胡员外的女儿,现年一十八岁。"唐员外听得说,笑着道:"我知胡员外的女儿,且是生得好,又聪明伶俐。几次央人去说,胡员外摇得头落不肯,你却如何来说?"张三嫂道:"昨日胡员外叫将我两个去,一家与了三两银子,又与了三杯酒吃,要说门当户对的亲,故此媳妇们特来宅上说。"唐员外见说,十分欢喜,即时叫安排酒来,教两个吃了,把四两银子送与两个道:"若亲事成时,另有重谢。二位用心着力则个。"两个谢了唐员外出来,一路上说道:

"这脚步钱是我们两个赚了,这亲事必然成。"来到胡员外宅里,胡员外道:"你两个有甚亲事来说?"张三嫂道:"告员外,今有金沙唐员外的儿子,年方二十岁,叫来宅上求亲。"胡员外道:"我认得唐员外的儿子。"张三嫂道:"实不敢虚誉说,他宅上小官人百伶百俐,写得算得,如法□□小官人。"胡员外道:"且放过去,别有亲时再来说。"两个媒人只得起身出来。

话休烦絮,似有好亲去说,听得说儿郎聪明伶俐,便教放过了。又隔了数日,两个媒人思量道:"难得胡员外,去时便是酒和银子,不曾空过,我两个有七八头好亲事去说,只是不肯,不知是甚意故?"李四嫂道:"今日我们两个没处去了,我和你去胡员外宅里,骗他几杯酒吃,有采骗得三二两银子,大家取一回笑耍。"张三嫂道:"你有甚亲事去说?"李四嫂道:"你休管,只顾随我来,教你吃酒便了。"两个来到胡员外宅里坐定吃茶,员外问道:"有甚亲事来说?"李四嫂道:"告员外,今有和宅上一般开彩帛铺的焦员外的儿子。"员外问道:"他儿子几岁,诸事如何?"只因李四嫂启口说谐这头亲事来,有分教:胡永儿嫁人不着,做个离乡背井之人。正是:

青龙与白虎同行,吉凶事全然未保。

毕竟这亲事成得成不得?且听下回分解。

第五回

胡员外女嫁憨哥　　胡永儿私走郑州

诗曰：
　　多言人恶少言痴，恶有憎嫌善又欺。
　　富遭嫉妒贫遭辱，思量那件合天机。

当日李四嫂对胡员外说："焦员外的儿子有三十来岁，撮两个角儿，口边涎沥沥地，奶子替他着衣裳，三顿喂他茶饭，不十分晓人事。"胡员外听了道："烦你二位用心说这头亲事则个。"两个媒人听得说，口中不说，心下思量："千头万头好亲，花枝也似儿郎，都放过了，却将这个好女儿嫁这个疯子！"两个又吃了数杯酒，每人又得了二两银子，谢了员外出来。对门是个茶坊，两个人去吃了茶。张三嫂道："你没来由教我忍不住笑，捏着两把汗；只怕胡员外焦躁起来带累我，甚么意思！"李四嫂道："我和你说这许多头好亲事都教放过了，我自取笑他；若胡员外焦躁时，我只说取笑，谁想倒成了事。"张三嫂道："想是他中意了。若不中意时，定不把银子与我们，取酒与我们吃。"两个厮赶着，一头走，一头笑，径投国子门来见焦员外。焦员外教请坐吃茶。员外道："你两个上门是喜虫儿，有甚事了来？"李四嫂道："告员外！我两个特来讨酒吃，与小员外说亲！"焦员外道："我的儿子是个呆子，不晓人事的。谁家女儿肯把来嫁他？"李四嫂道："与员外一般开彩帛铺的胡员外宅里，花枝也似一个小娘子，年方一十八岁。多少人家去说亲的都不肯，方才媳妇们说起宅上来，胡员外便肯应成，特教我两个来说。"焦员外见说好欢喜，道："你两个若说得成时，重重地相谢。"两个吃了数杯酒，每人送了三两银子，出得焦员外家，径来见胡员外。李四嫂道："焦员外见说宅上小娘子，十分欢喜，教来禀复员外，要拣吉日良辰下财纳礼[1]。要甚安排，都依员外吩咐。"胡员外听说，不胜之喜，自教媒人去回报。张院君道："员外，我听得你与媒人说，我不敢多口，不知是何意故，好儿郎不完就他，却教说嫁一个疯子，你却主何意念？"胡员外道："我女儿留在家中，久后必然累及我家。便是嫁将出去别人家里，嫁了个聪明伶俐的老公，压不住定盘星，露出些斧凿痕来，又是苦我。如今将他嫁个木畜不晓人事的老公，便是有些泄露，他也不理会得。"妈妈道："这等一个好女儿，嫁恁地一个疯呆子，岂不误了我女儿一生？"员外道："他离了我家，是天与之幸，你管他则甚！"话休絮烦，两家少不得使媒人下财纳礼，奠雁[2]传书；不只一日，拣了吉日良时，成那亲事。

却说焦员外和妈妈叫奶子来吩咐道："小官人成亲，房中的事皆在你身上。若得他夫妻和顺，我却重重赏你。"奶子道："多谢员外妈妈，奶子自有道理。"妈妈道："恁地时，慢慢教他好。"奶子与妈妈入房里来，看着憨哥道："憨哥，明日与你娶老婆也！""憨哥"乃新女婿之小名也。憨哥道："明日与你娶老婆也！"奶子又道："且喜也！"憨哥道："且喜也！"奶子口中不说，心下思量道："我们员外好不晓事！这样一个疯子，却讨媳妇与他做甚么，苦害人家的女儿！那胡员外也没分晓，听得人说，这个女儿十分生得标致，又聪明智慧，更兼针线皆能，却把来嫁这个疯子，都不知是何意故！"

当夜过了，至次口晚间，胡妈妈送新人进门，少不得要拜神讲礼，参筵拂尘[3]，奶子扶那憨哥出来，胡妈妈看见，吃了一惊。但见：

---

[1] 纳礼：古婚礼之一。男方向女方送求婚礼物。即行聘。
[2] 奠雁：古代婚礼，新郎到女家迎亲，用雁作见面礼，表示不再娶他人。
[3] 参筵拂尘：摆设宴席请客。

第五回　胡员外女嫁憨哥　胡永儿私走郑州

面皮垢积，口角涎流。帽儿光，歪罩双丫；衫子新，横牵遍体。帚眉缩颊，反耳斜睛。靴穿膀腿步踉跄，六七人搀；涕挂掀唇嘴腌臜，一双袖抹。瞪目视人无一语，浑如扶出狰狞；拳须连鬓已三旬，好似招来鬼魅。蠢躯难自立，穷崖怪树摇风；陋脸对神前，深谷妖狐拜月。但见花灯，那解今宵合卺[1]；虽逢鸳侣，不知此夜成亲。送客惊翻，满堂笑倒。洞房花烛，分明织女遇那罗[2]；帘幕摇红，宛是观音逢八戒。便教嫫母[3]也嫌憎，纵是无盐羞配合。

当晚胡妈妈看见新女婿这般模样，不觉簌簌地泪下，暗地里叫苦道："老无知！却将我这块肉断送与这样人，我女儿终身如何是了！"正是哑子慢尝黄柏味，难将苦口对人言。没奈何，与许多亲眷劝酬了一夜。次早只得撇了女儿，别了诸亲，回家与员外厮闹，不在话下。

却说胡永儿见娘去了，眼泪不从一路落，苦不可言。陆续相送诸亲出门，晚饭已毕，谢了婆婆，道了安置，随奶子入房里来。见憨哥坐在床上，奶子道："你和小娘子睡。"憨哥道："你和小娘子睡。"奶子道："你和小娘子睡休！"憨哥道："你和小娘子睡休！"奶子心里道："只管随我说，几时是了？不若我自安排小娘子睡便了。"奶子先替憨哥脱了衣服，扶他上床睡倒，盖了被，然后看着永儿道："请小娘子宽衣睡了罢！"永儿见奶子请睡，包着两行珠泪，思量道："爹爹！妈妈！我有甚亏负你处，你却把我嫁个疯子？你都忘了在不厮求院子里受苦时，如今富贵，不知亏了谁人！休，休！我理会得爹爹意了，教我嫁一个聪明的丈夫，怕我教他些甚么；因此先识破了，却把我嫁这个疯子！"抹着眼泪，叫了奶子安置，脱了衣裳与憨哥同睡。奶子

---

[1] 合卺（jǐn）：古代结婚仪式之一。新婚夫妇各拿着半个瓢，以其所盛之酒漱口。
[2] 那罗：即那吒。佛教护法神名。
[3] 嫫母：丑妇。

自归房里去了。永儿上得床,把被紧紧地卷在身上,自在一边睡,不与憨哥合被。

自当日为始,荏苒光阴,过了半年。时遇六月间,天气十分炎热。永儿到晚来堂前叫了安置,与憨哥来天井内乘凉。永儿道:"憨哥!我们好热么?"憨哥道:"我们好热么?"永儿道:"我和你一处乘凉,你不要怕!"憨哥道:"我和你一处乘凉,你不要怕!"永儿见憨哥七颠八倒,心中好闷。当夜永儿和憨哥合坐着一条凳子,永儿念念有词,那凳子变做一只吊睛白额大虫在地上。永儿与憨哥骑在大虫背上,口中念念有词,只见大虫载着永儿和憨哥从空便起,直到一座城楼上;这座城楼叫做安上大门楼,永儿喝声:"住!"大虫在屋脊上便住了。永儿与憨哥道:"这里好凉么?"憨哥道:"这里好凉么?"两个直乘凉到四更,永儿道:"我们归去休!"憨哥道:"我们归去休!"永儿念念有词,只见大虫从空而起,直到家中天井里落。永儿道:"憨哥!我们去睡!"憨哥道:"我们去睡!"自此夜为始,永儿和憨哥两个,夜夜骑虎直到安上大门楼屋脊上乘凉,到四更便归。忽一日,永儿道:"憨哥!我们好去乘凉也!"憨哥道:"我们好去乘凉也!"永儿念念有词,凳子变做大虫,从空便起,直到安上大门楼乘凉。当夜却没有风,永儿道:"今日好热!"拿着一把月样白纸扇儿在手里,不住手摇。此时月却有些朦胧,有两个上宿军人出来巡城,一个叫做张千,一个叫做李万。两个回到城门楼下,张千猛抬起头来看月,吃了一惊道:"李万你见么?楼门屋脊上坐着两个人!"李万道:"若是人,如何上得去?"张千定睛一看,说:"真是两个人!"李万道:"据我看时,只是两个老鸦。"当夜永儿在屋脊上不住手地把扇摇,李万道:"若不是老鸦,如何在高处展翅?"张千道:"据我看,一个像男子,一个像妇人。如今我也不管他是人是鸦,只教他吃我一箭!"去那袋内抯弓取箭,搭上箭,拽满弓,看清,只一箭射去,不偏,不歪,不斜,正射着憨

第五回　胡员外女嫁憨哥　胡永儿私走郑州 ∥ 029

哥大腿。憨哥大叫一声，从屋脊上骨碌碌滚将下来，跌得就似烂冬瓜一般。当时张千、李万把憨哥缚了，再看上面时，不见了那一个。

　　至次日早间，解到开封府来，正值知府升厅，张千、李万押着憨哥跪下，禀道："小人两个是夜巡军人，昨晚三更时分，巡到安上大门，猛地抬起头来，见两个人坐在城楼屋脊上，摇着白纸扇子。彼时月色不甚明亮，约摸一个像男子，一个像妇人。小人等计算，这等高楼，又不见有梯子，如何上得去？必是飞檐走壁的歹人！随即取弓箭射得这个男子下来，再抬头看时，那个像妇人的却不见了。今解这个男子在台下，请相公台旨。"知府听罢，对着憨哥问道："你是甚么样人？"憨哥也道："你是甚么样人？"知府道："你从实说来，免得吃苦！"憨哥也道："你从实说来，免得吃苦！"知府大怒，骂道："这厮可恶！敢是假与我撒疯？"憨哥也瞪着眼道："这厮可恶！敢是假与我撒疯？"满堂簇拥的人都忍不住笑。知府无可奈何，叫众人都来厮认，看是那里地方的人。众人齐上认了一会，都道："小人们并不曾认得这个人。"知府存想道："安上大门城楼壁斗样高，这两个人如何上得去？就是上得去，那个像妇人的如何不见下来，却暗暗地走了？一定那个像妇人的是个妖精鬼怪，迷着这个男子到那楼屋上，不提防这厮们射了下来，他自一径去了。如今看这个人胡言胡语，兀自未醒；但不知这个人姓名、家乡，如何就罢了这头公事？"寻思了一会，喝道："且把这个人枷号在通衢十字路口。"看着张千、李万道："就着你两个看守，如有人来与他厮问的，即便拿来见我。"不多时，狱卒取面枷将憨哥枷了，张千、李万搀扶到十字路口，哄动了大街小巷的人，挨肩叠背，争着来看。

　　却说那焦员外家奶子和丫环，侵晨[1]送脸汤[2]进房里来，不见了

---

[1] 侵晨：一大早；天刚亮。
[2] 脸汤：洗脸水。

憨哥、永儿,吃了一惊,慌忙报与员外、妈妈知道。员外和妈妈都惊呆了,道:"门不开,户不开,去那里去了?"焦员外走出走入没做理会处。忽听得街上的人,三三两两说道:"昨夜安上大门城楼屋脊上,有两个人坐在上面,被巡军射了一个下来,一个走了。"又有的说道:"如今不见枷在十字路口?"焦员外听得说,却似有人推他出门的,一径走到十字路口,分开众人,挨上前来看时,却是自家儿子,便放声大哭起来,问道:"你怎地去城楼上去?你的娘子在那里?"张千、李万见焦员外来问,不由分说,横拖倒扯捉进府门。知府问道:"你姓甚名谁?那枷的是你甚么人,如何直上禁城楼上坐地,意欲干何歹事,与那逃走的妇人有甚缘故?你实实说来,我便放你!"焦员外躬身跪着道:"小人姓焦名玉,本府人氏。这个枷的是小人的儿子,枉自活了三十多年纪,一毫人事也不晓得;便是穿衣吃饭,动辄要人,人若问他说话时,他便依人言语回答,因此取个小名叫做憨哥;小人只是叫他小时伏事的奶子看管,虽中门外,一步也不敢放他出来。半年前偶有媒人来与他议亲,小人欲待娶妻与他,恐误了人家女儿;欲待不娶与他,小人只生得这个儿子,没个接续香火。感承本处有个胡浩,不嫌小人儿子呆蠢,把一个女儿叫做胡永儿嫁他,且是生得美貌伶俐。不料昨晚吃了晚饭,双双进房去睡,今早门不开,户不开,小人的儿子并媳妇都不见了。不知怎地出门得到城楼高处,又不知媳妇如何不见下来便走得去。"知府喝道:"休得胡说!既是你的儿子媳妇,如何不开门启户走得出来?媳妇一定是你藏在家中了,快叫他来见我!"焦员外道:"小人安分愚民,怎敢说谎?便拷打小人至死,端的屈杀小人!"知府听他言语真实,更兼憨哥依人说话的模样又是真的,再差两个人去拿胡永儿的父亲来审问,便见下落。公差领了钧牌[1],飞

---

[1] 钧牌:令牌。

也似赶到胡员外家里来。却说胡员外听得街坊上喧传这件事，早已知是自家女儿做出来的勾当害了憨哥，与妈妈正在家暗暗地叫苦，只见两个差人跑将入来，叫声："员外有么？"惊得魂不附体，只得出来相见。问道："有何见谕？"公差道："奉知府相公严命呼唤，请即挪步。"胡员外道："在下并不曾闲管为非，不知有甚事相烦二位唤我？"公差道："知府相公立等，去则便知分晓。"不容转动，推扯出门，径到府里。知府正等得心焦，见拿到了胡员外，便把城楼上射下憨哥，次后焦员外说出永儿并憨哥对答不明，要永儿出来审问的情由说了一遍，胡员外只推不知。知府道："我闻你女儿极是聪明伶俐，女婿这般呆蠢，必定别有奸夫，做甚不公不法的事。你怕我难为他说出真情，一意藏在家中，反来遮掩。"焦员外跪在那边，便插口道："若在你家，快把他出来救我儿子性命！"胡员外道："世上只有男子拖带女人做事，分明是你把我的女儿不知怎地缘故断送那里去了，故意买嘱巡军，只说同在城楼屋脊上，射下一个，走了一个。相公在上，城楼在半天中一般，又无梯子，拿获这两个人插翅飞上去的？若果同在上面时，怎地瓦也不响，这般逃走得快？女人家须是鞋弓袜小，巡军如何赶他不着，眼睁睁放他到小人家中来躲了？"知府听他言语句句说得有理，喝："把憨哥的父亲与张千、李万俱夹起来！"指着焦员外道："这事多是你家谋死了他的女儿，通同张千、李万设出这般计策，把这疯癫的儿子做个出门入户，不打如何肯招！"喝将三人重重拷打。两边公人一起动手，打得个个皮开肉绽，鲜血淋漓。焦员外受苦不过，哀告道："望相公青天做主，原不曾谋死胡永儿。容小人图画永儿面貌，情愿出三千贯赏钱。只要相公出个海捕文书[1]，关行各府州县，悬挂面貌信赏。若永儿端的无消息时，小人情愿抵罪。"知府见他三个苦死不招，

---

[1]海捕文书：通令各地捕拿逃犯的公文。近似现在的通缉令。

先自心软,况兼胡员外也淡淡地不口紧要人,知府便道:"这也说得是。"一面把三个人放了,一面取憨哥进府,开了枷,并一行人俱讨保暂且宁家[1]伺候。着令焦家图画永儿面貌,出了海捕文书,各处张挂,不在话下。

且说胡永儿见憨哥中箭跌下去了,口中念念有词,从空便起,见野地无人处渐渐下来,撇了凳子,独自一个取路而行,肚里好闷:"如今那里去好?归去又归去不得,爹爹妈妈家里又去不得了。想起成亲之夜,梦见圣姑姑与我说道:此非你安身之处,若有急难,可来郑州寻我。见今无处着身,若官司得知,如何是好?不若去郑州投奔圣姑姑,看是如何。"天色已晓,走了半日,到一个凉棚下,见个点茶[2]的婆婆,永儿入那茶坊里坐了歇脚。那婆婆点盏茶来与永儿吃罢,永儿问婆婆道:"此是何处,前面出那里去?"婆婆道:"前面是板桥八角镇,过去便是郑州大路。小娘子无事独自个望那里去?"永儿道:"爹爹、妈妈在郑州,要去探望则个。"婆婆道:"天色晚了,小娘子可只在八角镇上客店里歇一夜却行,早是有这歇处,独自一个夜晚不便行走。"永儿变十数文钱还了茶钱,谢了婆婆,又行了二里路,见一个后生:

> 六尺以下身材,二十二三年纪;三牙掩口细髯,七分腰细膀阔;戴一顶木瓜心攒顶头巾,穿一领银丝似白纱衫子;系一条蜘蛛班红绿压腰,着一对土黄色多耳皮鞋;背着行李,挑着柄雨伞。

那后生正行之间,见永儿不带花冠,绾着个角儿,插两只金钗,随身衣服,生得有些颜色,向前与永儿唱个喏道:"小娘子那里去来?"永儿道:"哥哥!奴去郑州投奔亲戚则个。"那厮却是个人家浮浪子弟,便道:"我也经郑州那条路去,尚且独自一个难行,你是女人家,如

---

[1] 宁家:回家。
[2] 点茶:沏茶。

何独自一个行得？我与小娘子一处行！"一面把些唬吓的言语惊他。到一个林子前，那厮道："小娘子！这个林子最恶，时常有大虫出来。若两个行便不妨得，你若独自一个走，大虫出来便驮了你去！"永儿道："哥哥！若如此时，须得你的气力拖带我则个！"那厮一路上逢着酒店便买点心来，两个吃了，他便还钱。又走歇，又坐歇，看看天色晚来。永儿道："哥哥！天晚了，前面有客店歇么？"那厮道："小娘子！好教你得知，一个月前，这里捉了两个细作，官府行文书下来，客店里不许容单身的人。我和你都讨不得房儿。"永儿道："若讨不得房儿时，今夜那里去宿歇？"那厮道："若依得我口，便讨得房儿。"永儿道："只依哥哥口便了。"那厮道："小娘子！如今又不真个，只假说我们两个是夫妻，便讨得房儿。"永儿口中不道，心下思量："却不可耐这厮无道理！你又不认得我，只教他恁地，恁地！"永儿道："哥哥拖带睡得一夜也好。"那厮道："如此却好！"

　　来到八角镇上，有几个好客店都过了，却到市梢头一个客店。那厮入那客店门叫道："店主人！有空房也没？我夫妻二人讨间房歇！"店小二道："大郎莫怪，没房了！"那厮道："苦也！我上上落落只在你家投歇，如何今日没了房儿？"店小二道："都歇满了，只有一间房铺着两张床，方才做皮鞋的胡子歇了，怕你夫妻二人不稳便。"那厮道："怕甚么事！他自在那边，我夫妻两个在对床。"店小二道："恁地你两个自入房里去。"那厮先行，永儿后随，店小二推开房门，交了房儿。永儿自道："却不可耐这厮，教我做他老婆来讨房儿，教他认得我！"只因此起，有分教：胡永儿坏数万人性命，朝廷起十万人马；闹了数座州城，鼎沸河北世界。正是：

　　　　堪笑痴愚呆蠢汉，他人妇女认为妻。

　　毕竟当夜胡永儿如何？且听下回分解。

第六回

胡永儿客店变异相　卜客长赶永儿落井

诗曰：

堪笑浮华轻薄儿，偶逢女子认为妻。

世财红粉高楼酒，谁为三般事不迷！

岂不闻古人云："他妻莫爱，他马莫骑。"怎地路途中遇见个有颜色的妇人便生起邪心来！那厮看着店小道："讨些脚汤洗脚。"店小二道："有！有！"看着待诏[1]说道："他夫妻两个自东京来的，店中房都歇满了，只有这房里还有一张床，没奈何教他两个歇一夜。"待诏道："我只睡得一张床，有人来歇，教他自稳便。"永儿进房来，叫了待诏万福，待诏还了礼。那厮看着胡子道："蒿恼[2]则个！"待诏道："请自便。"待诏肚里自思量："两个言语不似东京人，恁地个孤调调地行，两个不像是夫妻；事不一心，有些脚叉[3]样。干我甚事？由他便了。"胡子道："你们自稳便。"那厮和永儿床上坐了，店小二掇脚汤来，那厮洗了脚，讨一盏油点起灯来。胡子不做夜作，唤了安置，朝着里床自睡了。那厮道："姐姐！路上贪赶路，不曾打得火，我出去买些酒食来吃。"转身出房去了。永儿道："却不忍耐这厮！我又不认得你，一路上惊吓我许多言语，强要我做老婆讨房歇。那厮去买酒去了，他不识得我，我且撩拨他耍子则个。"口中不知道些甚的，舒气向胡子

---

[1] 待诏：宋代以来对手艺人的尊称。
[2] 蒿恼：骚扰；打扰。
[3] 脚叉：蹊跷；诧异。

第六回　胡永儿客店变异相　卜客长赶永儿落井

床上只一吹，又把自己脸上摸一摸，永儿就变做个胡子，带些紫膛色，正像做皮鞋的待诏，待诏却变做了永儿。假待诏也倒在床上假睡着。

却说那厮沽些酒，买些炊饼，拿入店里来，肚里寻思道："我今朝造化好，遇着这等一个好妇人；客店里都知道我是他的丈夫了，今晚且快活睡他一夜。"那厮推开房门，放酒、饼在桌子上，剔起灯来，看那床上时，却是做皮鞋的待诏。疑惑道："却是甚么意故，如何换过了来我床上睡？"看那对面床上时，却睡着妇人。那厮道："想是日里走得辛苦，倒头就睡着在这里。"向前双手摇那妇人，叫道："姐姐！我买酒来了，你走起来！你走起来！"只见那做皮鞋的待诏跳将起来，劈头揪翻来便打。那厮叫道："做甚么便打老公？"胡子喝道："谁是你的老婆！"那厮定睛看时，却是做皮鞋的待诏。慌忙叫道："是我错了！莫怪，莫怪！"店小二听得大惊小怪，入房里来问道："做甚么？"待诏道："可奈这厮走将来摇我，叫我做姐姐。"小二道："你又不眼瞎，眼里又无脚裂，你的床自在这边。"小二劝开了，待诏依旧上床睡了。那厮吃了几拳，道："我的晦气，眼睁睁是个妇人，原来却是待诏。"看这边床上女娘子睡着，叫道："小娘子！起来吃酒。"定睛只一看时，却是朱红头发，碧绿眼睛，青脸獠牙的。叫声："有鬼！"匹然倒地。店小二正在门前吃饭，只听得房里叫"有鬼"，入来看时，见那厮跌倒在地上，连忙扶起，惊得做皮鞋的待诏也起来。店里歇的人都起来救他，也有噀噀吐的，也有咬中拇指的。那厮吃剥消了一夜，三魂再至，七魄重苏。那厮醒来道："好怕人！有鬼！有鬼！"被店小二揪住，劈脸两个噀吐道："我这里是清净去处，客店里有甚鬼？是甚人教你来坏我的衣饭？"将灯过来道："鬼在那里？"那厮道："床上那妇人是鬼！"店小二道："这厮却不弄人[1]！这是你浑家，如何却道是鬼？"

---

[1] 弄人：捉弄人。

那厮道:"他不是我浑家,我在路上撞见他,和我同到此讨房儿做假夫妻的。方才我去买酒,来到房里,看见却是胡子。我却错叫了待诏,吃他一顿拳头。再去看他时,却是朱红头发,碧绿眼睛,青脸獠牙,原来是鬼。"众人吃了一惊,灯光之下看那妇人时,如花似玉一个好妇人。都道:"你眼花了!这等一个好妇人,你如何说他是鬼?"永儿道:"众位在此,可耐这厮没道理。我自要去郑州投奔爹爹、妈妈,这厮路上撞见了我,和我同行,一路上只把唬吓的言语来惊我。又说捉了两个细作,店里不容单身的歇,强要我做假夫妻来讨房儿。一晚胡言乱语,不知这厮怀着甚么意故。"众人和店小二都骂道:"忍耐这厮,情理难容。着他好生离了我店门,若不去时,众人一发上打,教你粉骨碎身!"把这厮一时热赶出去,把店门关了。

那厮出到门外,黑洞洞地不敢行,又怕巡军捉了吃官司,只得在门外僻静处人家门前存了一夜。到天晓,那厮道:"我自去休!"离了店门,走了五七里路了,却待要走过一林子去,只见林子里走出胡永儿来,看着那厮道:"哥哥,昨夜罪过你带挈我客店里歇了一夜,你却如何道我是鬼?"那厮看了永儿如花似玉生得好,肚里与决不下道:"莫不昨晚我真个眼花了?"那厮道:"姐姐!待要和你同行,昨夜两次吃你惊得我怕了。想你不是好人,你只自去休!"永儿道:"昨夜你要我做假夫妻也是你,如今却又怕我,我教你看我的相识!"只见永儿用手一指,叫声:"来!"林子内跳出一只吊睛白额大虫来,看着那厮只一扑,那厮大叫一声,扑地便倒。那厮闭着眼,肚里道:"我性命今番休了!"多时没些动静,慢慢地闪开眼来看时,大虫也不见了,妇人也不见了。那厮道:"我从来爱取笑人,昨日不合撩拨了这妇人,吃胡子打了一顿拳头;又吃他惊了,教我魂不附体。今朝他又叫大虫出来,我道性命休了,原来是惊耍我。若是前面又撞见他,却了不得,我自不如回东京去休!"那厮依先转身去了。

且说胡永儿变大虫出来惊他："他再不敢由这路来了。我自去郑州去，一路上好慢慢地行。"却在路上有些脚疼，只得去一株树下歇一歇。正坐之间，只听得车子碌碌剌剌地响。见一个客人，头带范阳毡笠，身上着领打路布衫，手巾缚腰，行缠爪着裤子，脚穿八搭麻鞋；推那车子到树下，却待要歇。只见永儿立起身来道："客长万福！"那客人还了礼，问道："小娘子那里去？"永儿道："要去郑州投奔爹爹、妈妈去，脚疼了走不得，歇在这里。客长贩甚宝货，推车子那里去？"客人道："我是郑州人氏，贩皂角去东京卖了回来。"永儿道："客长若从郑州过时，车厢里带得奴奴家去，送你三两银子买酒吃。"客人思量道："我货物又卖了，郑州又是顺路，落得趁[1]他三两银子。"客人道："恁地不妨。"教永儿上车厢里坐。那客人尽平生气力推那车子，也不与永儿说话，也不把眼来看他。低着头，只顾推车子了行。永儿自思量道："这个客人是个朴实头的人，难得，难得。想昨夜那厮一路上把言语撩拨我，被我略用些小神通，虽不害他性命，却也惊得他好。一似这等客人，正好度他，日后也有用他处。"那客人推那车子，直到郑州东门外，问永儿道："你爹爹、妈妈家在那里住？"永儿道："客长！奴奴不识地名，到那里奴奴自认得。"客人推着车子入东门，来到十字路口，永儿道："这里是我家了。"客人放下车子，见一所空屋子锁着。客人道："小娘子！这是锁着的一所空屋子，如何说是你家？"永儿跳下车子，喝一声道："疾！"锁便脱下来，用手推开一扇门，走入去了。客人却在门前等了两个时辰，不见有人出来，天色将晚，只管望着里面。被一个人喝道："你这客人在这里歇许多时了，只望着宅里做甚么？"客人见是个老儿问，慌忙唱个喏道："好教公公知道，适间城外五十里路见个小娘子，说脚疼了，走不得，许我三

---

[1] 趁：赚（钱）。

两银子，教我载到这里，入去了不出来，教我等了半日。"老儿道："这宅是刁通判[1]廨宇[2]，我是看守的。"客人道："怎地相烦公公去宅里说一声，教取银子还我则个。"老儿道："锁的空宅子，一向无人居住，你却不害疯么！见今官司出榜追捉胡永儿，如有知情不首者一体治罪。你会事的便去了！"客人道："好没道理！我载你家小娘子来家，许我三两银子，又不还我，倒说白府话儿。你只教我入去看，我情愿吃官司！"老儿道："你说了！若寻不见时，不要走了！"老儿大开了门，教客人入去。到前厅，过回廊，至后厅，只见永儿坐在厅上。客人看见了他，叫道："小娘子！如何不出来还我银子，是何道理？"永儿见客人来，便走起身望后便走，客人大跨步走到后厅，永儿见他赶得紧，厅后有一眼八角井，走到井边，看着井里便跳下去了。客人见了，吓得只叫："苦也！苦也！"却待要走，被老院子捉住，道："清平世界，荡荡乾坤，逼人下井，罢休不得！"拖出宅前，叫起街坊人等，将客人一条索子缚了，直解到郑州来。正值大尹在厅上断事，地方里甲人等，解客人跪下，备说本人在刁通判府中，将不识姓名女子赶下八角井里去了。大尹将客人勘问，客人招称：系本州人氏，姓卜名吉，因贩皂角前望东京货卖回来，行到板桥八角镇五十里外大树下，遇见不识姓名女子，言说脚疼行走不得，欲赁车子前到郑州东门十字街爹爹、妈妈家去则个，情愿出银三两。是吉载到本家，即开门入去，并不出来。吉等已久，只见老院子出来，言说我家是刁通判廨宇，无人居住空房，不肯还银。一时间同老院子进去寻看，不期女子见了，自跳在井中，即非相逼等情。大尹教且将卜吉押下牢里，到来日押去刁通判宅里井中打捞尸首。

---

[1] 通判：官名，地位略次于州府长官。
[2] 廨宇：旧时官吏办公处的通称。

次日大尹委官[1]一员，狱中取出卜吉，同里邻人等押到刁通判廨宇里来。街上看的人挨肩叠背，人人都道："刁通判府里，时常听得里面神歌鬼哭，人都不敢在里面住。"有的人道："看今日打捞尸首何如？"委官坐在交椅上，押卜吉在面前跪下。委官问老院子并四邻人等，卜吉如何赶这女子落井，卜吉告道："女子自跳落井，并不曾赶他下去。"委官叫打捞水手过来，水手唱了喏，着了水背心。委官道："奉本州台旨，委我押你下井。你须仔细打捞！"水手道："告郎中，方才小人去井上看验，约有三五十丈深浅。若只恁地下去，多不济事。须用爪扎辘轳，有急事时，叫得应。"委官道："要用甚物件，好教一面速即办来。"水手道："要爪缚辘轳架子，用三十丈索子，一个大竹箩，一个大铜铃，人夫二十名。若有急事便摇动铃响，上面好拽起来。"不多时都取办完备。水手扎缚了辘轳、铜铃、竹箩俱完了。水手道："请郎中台旨，教下井去打捞。"委官道："你众水手中，着一个会水了得的下去。"四五个人扶着辘轳，一个水手下竹箩坐了，两三个人掇那竹箩下井里去，四个人便放辘轳。约摸放下去有二十余丈，只听得铃响得紧，委官教众人退后，急把辘轳绞上箩来。众人见了，一齐呐声喊：看那箩里时，亘古未闻，于今罕有，自不曾见这般跷蹊的事。正是：

说开华岳山峰裂，道破黄河水逆流。

毕竟当日见甚么来？且听下回分解。

---

[1] 委官：委派官员。

第七回

八角井卜吉遇圣姑姑　　献金鼎刺配卜吉密州

诗曰：

日前积恶在心怀，妄言天地降非灾。

从前做过亏心事，至今兴没一起来。

众人绞上竹箩来，齐发声喊，看那水手时，当初下去红红白白的一个人，如今绞上来看时，一个脸便如蜡皮也似黄的，手脚却板僵，死在箩里了。委官叫抬在一边，一面叫水手老小扛回家去殡殓，不在话下。委官道："终不成只一个下去了不得公事便罢了？再别差一个水手下去！"众水手齐告道："郎中在上！众人家中都有老小，适才见样了么！着甚来由捉[1]性命打水撇儿[2]？断然不敢下去。若是郎中定要小人等下去，情愿押到知州面前吃打，也在岸上死。实是下去不得！"委官道："这也怪不得你们，却是如何得这妇人的尸首上来？你一干人都在此押着卜吉，等我去禀复知州。"委官上了轿，一直到州门前下了轿，径到厅上，把上件事对那知州说了一遍，知州也没做道理处。委官道："地方人等都说刁通判府中自来不干净，今日又死了一个水手，谁人再敢下去？只是打捞不得那妇人的尸首起来，如何断得卜吉的公事？不若只做卜吉着，教卜吉下去打捞，便下井死了，也可偿命。"知州道："也说得是，你自去处分[3]。"委官辞了知州再

---

[1] 捉：拿。
[2] 打水撇儿：当做儿戏；开玩笑。
[3] 处分：处置。

第七回　八角井卜吉遇圣姑姑　献金鼎刺配卜吉密州

到井边，押过卜吉来，委官道："是你赶妇人下井，你自下去打捞尸首起来，我禀过知州做主，出豁你的罪。"卜吉道："小人情愿下去，只要一把短刀防身。"众人道："说得是！"随即除了枷，去了木杻，与他一把短刀，押那卜吉在箩里坐了，放下辘轳许多时不见到底，众人发起喊来道："以前的水手下去时，只二十来丈索子便铃响，这番索子在辘轳上看看放尽，却不作怪？放许多长索兀自未能够到底！"正说未了，辘轳不转，铃也不响。

且不说井上众人，却说卜吉到井底下，抬起头来看时，见井口一点明亮。外面打一摸时，却没有水；把脚来踏时，是实落地。一面摸，一面行，约摸行了一二里路，见那明处，摸时却有两扇洞门，随手推开，闪身入去看时，依然再见天日。卜吉道："这里是那里？"提着刀正行之间，见一只大虫伏在当路。卜吉道："伤人的想是这只大虫，譬如你吃了我，我左右是死！"大跨步向前，看着大虫便剁，喝声："着！"一声响亮，只见火光迸散，震得一只手木麻了半晌。仔细看时，却是一只石虎。卜吉道："里面必然别有去处。"又行几步，只见两边松树，中间一条行路，都是鹅卵石砌嵌的。卜吉道："既是有路，前面必有个去处。"仗着刀，入那松径里行了一二百步，闪出一个去处，唬得卜吉不敢近前。定睛看时，但见：

金钉朱户，碧瓦雕檐。飞龙盘柱戏明珠，双凤帏屏鸣晓日。红泥墙壁，纷纷御柳间宫花；翠霭楼台，淡淡祥光笼瑞影。窗横龟背，香风冉冉透黄纱；帘卷虾须，皓月团团悬紫绮。若非天上神仙府，定是人间帝主家。

卜吉道："这是甚么去处，却关着门，敢是神仙洞府？"欲推门又不敢，欲待回去："又无些表证，终不成只说见只石虎来，知州如何肯信我？"正踌躇之间，只见呀地门开，走出一个青衣女童来。女童叫道："卜吉！姑姑等你多时了！"卜吉听得说"姑姑等你多时"："却是甚么姑姑？如何知我名姓？却又等我做甚的？"卜吉只得随女童到一个去处，见一所殿宇，殿上立着两个仙童，一个青衣女童；当中交椅上坐着一个婆婆。卜吉偷眼看时，但见那婆婆：

苍形古貌，鹤发童颜。眼昏似秋月笼烟，眉白如晓霜映日。绣衣玉带，依稀紫府元君，凤髻龙簪，仿佛西池王母。正大仙容描不就，威严形象画难成。

卜吉想道："必是个神仙洞府，我必是有缘到得这里。"向前便拜道："告真仙！客人卜吉谨参拜！"拜了四拜。姑姑道："我这里非凡，你福缘有分，得到此间，必是有功行之人，请上阶赐坐。"卜吉再三不肯坐，姑姑道："你是有缘之人，请坐不妨！"卜吉方敢坐了。姑姑叫点茶来，女童将茶来，茶罢，姑姑道："你来此间非同容易，因何至此？"卜吉道："告姑姑！小客贩皂角去东京卖了，推着空车子回来，路上见一个妇人坐在树下，道：'我要去郑州投奔爹娘，脚疼了行不得。'许我三两银子，载他到东门里刁通判宅前，妇人道：'这是我家了。'下车子推开门走入去，跳在井里。因此地方捉了我，解送官司。差人下井打捞，又死了一个水手。知州只得令小人下来，见井底有路无水，信步走到这里。"姑姑道："你下井来曾见甚的？"卜吉道："见一只石虎。"姑姑道："此物成器多年，坏人不少，凡人到此，见此虎必被它吃了，你倒剁了它一刀，你后来必然发迹。卜吉，我且教你看个人！"看着青衣女童道："叫他出来！"女童入去不多时，只见走出那个跳在井里的妇人来，看着卜吉道个万福，道："客长昨日甚是起动[1]！"卜吉见那妇人，怒从心上起，恶向胆边生，便骂道："打脊贼贱人！却不叵耐，见你说脚疼走不得，好意载你许多路，脚钱又不与我，自走入宅里，跳在井中，教我被官司捉了，项上带枷，臂上

---

[1] 起动：烦劳。

带杻,牢狱中吃苦。这冤枉事如何分说?只道永世不见你了,你却原来在这里!"仇人相见,分外眼睁:"且教你吃我一刀!"就身边拔起刀来,向前劈胸揪住便剁。被胡永儿喝一声,禁住了卜吉手脚,道:"看你这个剪手[1]一路上载我之面,不然把你剁做肉泥!因见你纯善稳重,我待要度你,你却如此无礼,敢把刀来剁我,却又剁我不得!"姑姑起身劝道:"不要坏他!日后自有用他处。"姑姑看着卜吉脸上只一吹,手脚便动得。看着姑姑道:"小娘子是个甚么的人?"姑姑道:"若不是我在这里,你的性命休了,再后休得无礼。"卜吉道:"小人有缘遇得姑姑,若救得卜吉牢狱之苦,出得井去无事时,回家每日焚香设位,礼拜姑姑!"姑姑道:"你有缘到这里,且莫要去,随我来饮数杯酒,送你回去。"卜吉随到里面,吃惊道:"我本是乡村下人,那曾见这般好处!"安排得甚是次第。但见:

　　香焚宝鼎,花插金瓶。四壁张翠幕鲛绡,独早排金银器皿。水晶壶内,尽是紫府琼浆;琥珀杯中,满泛瑶池玉液。玳瑁盘,堆仙桃异果;玻璃盏,供熊掌驼蹄。鳞鳞脍切银丝,细细茶烹玉蕊。

　　姑姑请卜吉坐,卜吉不敢坐,姑姑道:"卜大郎坐定,异日富贵俱各有分。"

　　卜吉方才坐了。只见酒来,又见饭来,他几时见这般施设,两个青衣女童在面前不住斟酒伏事,杯杯斟满,盏盏饮干。酒至半酣,卜吉思忖道:"我从井上来到这里许多路,见恁地一个去处,遇着仙姑,又见了这个妇人,知他是神仙是妖怪?在此不是久长之计。"便起身告姑姑和小娘子道:"我要去井上看车子钱物,恐被人捉了。"姑姑道:"钱物值得甚么,我教你带一件物事上去,富贵不可说,不知你心下

---

[1] 剪手:骂人话。拦路抢劫的强盗;贼子。

何如？"卜吉道："感谢姑姑美意。休道是值钱的物事，便是不值钱的，把去井上做表证，也免我之罪。"姑姑叫永儿近前，附耳低声，入去不多时，只见一个青衣女童从里面双手掇一件物事出来，把与卜吉。卜吉接在手里，觉有些沉重，思量："这是甚么东西，用黄罗袱包着？"卜吉道："告姑姑，把与卜吉何用？"姑姑道："你不可开，将上井去，不要与他人。但只言本州之神，收此物已千年，今当付与知州，可免你本身之罪。又有一件事吩咐你，你凡有急难之事，可高叫圣姑姑，我便来救你。"卜吉听得说，一一都记了。姑姑教青衣女童送卜吉出来，复旧路入土穴行到竹箩边，走入竹箩内坐了，摇动索子，那铃便响，上面听得，便把辘轳绞起。众人看时，不见妇人的尸首，只见卜吉掇抱着一个黄罗袱包来见委官。卜吉道："众人不要动！这件东西是本州之神交与知州的，直到知州面前开看。"委官上了轿，一干人簇拥围定着卜吉，直入州衙里来。

正值知州升厅，公吏人从摆开两旁。委官上前禀说："卜吉下井去大半日，续后听得铃响，即时绞上卜吉来；只见卜吉抱着黄罗袱，包着一件东西，口称是本州之神付与知州。委官不敢动，取台旨。"知州叫押过卜吉来，知州问道："黄袱中是何物件？因何得来？"卜吉道："告相公！小人下井去，到井底不见妇人的尸首，却没有水。有一条路径，约走二里方见天日。见一只虎，几乎被它伤了性命，小人剁一刀去，只见火光迸散，仔细看时，是只石虎。有一条松径路，入去见一座宫殿，外有青衣女童引小人至殿上，见一仙人，仙人言称是本州之神，与小人酒食吃了，又将此物出来，教小人付与知州收受，不许泄露天机。"知州捧过黄罗袱放在公案上，觉道沉重。知州想道："一件宝物出世，合当遇我。"教手下人且退，亲手打开黄袱包看时，道："可知这般沉重。"却是一个黄金三足两耳鼎，上面铸着九个字道："遇此物者，必有大富贵。"知州看罢，再把黄袱来包了，叫出家里亲随人拿入去为镇库之宝。该吏向前禀道："这卜吉候台旨发付。"知州寻思道："欲待放了卜吉，一州人都知他赶一个妇人落井，及至打捞，又坏了一个水手性命，若只恁地放了，州里人须要议我。我欲待把卜吉偿那妇人的命，曾奈尸首又无获处，倒将金鼎来献我，如何是好？"蓦然提起笔来断这卜吉，有分教：知州登时死于非命，郑州一城人都不得安宁。正是：

没兴店中赊得酒，灾来撞见有情人。

毕竟知州惹出甚祸事来？且听下回分解。

第八回

野林中张鸾救卜吉　山神庙张鸾赏双月

诗曰：
　　金刚禅法最通神，天边双曜嚷州城。从空伸出拿云手，提出天罗地网人。

当时知州将卜吉刺配山东密州牢城营，当厅断了二十脊杖，唤个文字匠人刺了两行金印，押了文牒[1]，差两个防送公人：一个是董超，一个是薛霸，当厅押了卜吉，领了文牒，带卜吉出州衙前来。卜吉到州衙外立住了脚，回头向着衙里道："我卜吉好屈！妇人自跳在井中，我又不曾威逼他，他又不是别人，是本州土神教我下去获得这件宝物献你，你得了宝物，相应免我之罪，倒把我屈断刺配密州去。我若阐阁得性命回来，却将你隐匿宝物事情，敲皇城，打怨鼓，须要和你理论！"董超见他言语不好，只顾推着卜吉了行。薛霸道："你在这里出言语，累及我两个却是利害！"急急离了州衙，走到一个酒店，三个人同入来坐定。董超道："取两角[2]酒来！"薛霸道："卜吉，我两个虽然是奉公差遣，防送你到山东密州，路程许多遥远，你路上也要盘缠，我们自不曾带盘缠，随人走。你有甚亲戚相识，去措置些银两，路上好使用，我两个不要你的！"卜吉道："告上下！小人原有些钱本，为吃官司时，不知谁人连车子都推了去，如今教我问谁去讨？小人单身独自，别无亲戚，盘缠实是无措办处。"薛霸焦躁道："我们押

---

[1] 文牒：文书；公文。
[2] 角：古代计量酒量的单位之一。

了多多少少凶顽罪人,不似你这般嘴脸!你道没有盘缠?便是李天王也要留下甲仗[1],生姜也捏出汁来!在我们手里的行货[2],不轻轻地放了?"说了一场,还了酒钱,两个押着卜吉出郑州西门外来。

正走之间,只听得背后有人叫声:"董牌!"董超教薛霸押着卜吉先行。那个人看着董超道:"我是知州相公心腹人,适间断配他出来,这厮在州衙前放刁[3];如今奉知州相公台旨,教你二人怎地做个道理,就僻静处结果了他,回来重重赏你!"董超应承了,自赶上来和薛霸知会[4]:"只就前面林子里结果了他休!"两个押卜吉到一所空林子前,董超道:"我今日起得早了,就林子里困一困则个。"薛霸道:"才离州衙行不得三十里路,如何便要歇?"董超道:"今日忒起得早了些,要歇一歇。只怕卜吉你逃走了时,生药铺里没买处。你等我们缚一缚,便是睡也心稳。"卜吉道:"上下要缚便缚,我决不走。"董超将条长索,把卜吉缚在树梢上,提起索头去那边树大枝梢上倒吊起来,手里拿着水火棍道:"卜吉!我们奉知州相公台旨教害你,却不干我们事。明年今月今日今时是你死忌[5]!"卜吉道:"苦呀!苦呀!我命休矣!"猛然记得:"与我宝物的仙姑姑,曾说有急难时教我叫'圣姑姑'。"乃大叫:"圣姑姑救我则个!"叫犹未了,只见林子外面一个人喝声道:"防送公人不要下手!我在此听得多时了!"董、薛二人吃了一惊,慌忙跑出林子外面看时,见一个先生,身长六尺,面如紫玉,目若怪星。但见:

---

[1] 甲仗:兵器。
[2] 行货:指人。犹言家伙、东西。
[3] 放刁:撒野;捣乱。
[4] 知会:照会;通知。
[5] 死忌:忌日;死亡的日子。

烈火红袍，勇如子路[1]；铁打道冠，好似专诸[2]。头上簪钻狮子骨，腰间绦系老龙筋。为餐虎肉双睛赤，因刺麒麟十指青！

那道士牵拳曳步赶入林子里来，看着两个公人道："知州教你们押解他去，如何将他吊起害他性命，是何道理？"两个公人慌了手脚，道："先生！我们奉知州相公台旨，教我们害他性命。"先生道："你乱道！如今官司清明如镜，缘何无罪要坏他性命？我是出家人，本当不管闲事，适间听得林子里高叫'圣姑姑'，是何意故？你且放他下来，待我问他！"董超只得把卜吉解放了。卜吉道："告先生！听卜吉说：我因贩皂角去东京卖了回来，路上见一妇人，叫脚疼走不得，许我三两银子赁我车子载他。到郑州东门内一个空宅子前，这妇人跳下车子走入去，我不见他出来，入去看时，妇人自跳下井去，地方人道我逼他下井，捉了我解到官司，知州教我自下井打捞尸首，我下去时原来井里没水，却有一条路，见一所宫殿，遇着个仙姑，与我一件宝物，教我送与知州免罪，临上井时吩咐我道，若有急难时便叫'圣姑姑'。"先生听得说了，道："原来恁地。"看着两个防送公人道："这卜吉不当死，遇着贫道。可同来林子外村店里吃三杯酒，更赉[3]助你们些盘缠，好看他到地头[4]则个。"董超、薛霸道："感谢先生！"

四个人同出林子外来，约行了半里路，见一个酒店，四人进那酒店里坐了，酒保来问道："张先生！打多少酒？"先生道："打四角酒来，有鸡回[5]一只与我们吃。"酒保道："村里远，没回处。"先生

---

[1] 子路：(前542—前480)鲁国卞(今山东泗水)人。孔子学生，性格直爽勇敢。
[2] 专诸：(？—前515)春秋时吴国棠邑(今属江苏南京)人。曾为吴公子光刺杀吴王僚，自己也当场被杀。
[3] 赉(lài)：赏赐。
[4] 地头：地址。
[5] 回：卖。

道："又没甚菜蔬，如何下得酒？"酒保拿酒来，四个人一家吃了一碗。先生道："有心请人，却无下口[1]！"东观西望，见壁边一个水缸，先生看时，是一缸干净水。先生袖内取出一个葫芦儿来，拔了屑儿[2]，抖出一丸白药来，放在水缸里，依先去凳上坐了，叫酒保来道："我们四个如何吃得淡酒！我方才将下口放在你水缸里，将去与我煮来！"酒保道："张先生！你四个空手进来，不曾见甚么下口。"先生道："你自去水缸里看。"酒保去看时，只见水动，双手去捞，捞出一尾三尺长鲤鱼来，道："却不作怪！"只得替他劙[3]了鱼，落锅煮熟了，用些盐酱椒醋，将盘子盛了搬来与他。四个一面吃酒，董超道："感谢先生厚意。"薛霸道："这鱼滋味甚好，怎地再得一尾吃也好。"先生道："这个不足为礼，贫道平日好饮贪杯，难得相遇二位，四海之内皆相识也，若不弃嫌，同到贫道院中尽醉方休，来日起程。不知二位尊意何如？"薛霸是后生心性，道："难得先生好意相请，今日也将晚了，我们就同到仙院借宿一宵。只是不当取扰。"董超终是年纪大，晓得事，叫薛霸到静处说道："这先生是个作怪的人，着甚来由同他到道院中去？"薛霸道："董哥！你空活这许多年纪，不识得事。这酒店里主人家也认得他，但有差池，只问酒店里要人。"董超道："也说得是。"

先生还了酒钱，四个人离了酒店，一路说些闲话。不知行了多少路，只见那先生用手一指道："这个便是贫道小庵。"董超看时，好座茅庵！不甚大，盖得圆簇，庵前庵后没一个人家，两个便有些心疑。先生开了门，请三人就门前坐地。先生道："你们三个莫忧，这里尽有宿歇处。今晚且快活歇一夜，来早便行。"先生掇张桌子出来，放在外面，

---

[1] 下口：饭菜。
[2] 屑儿：楔子。
[3] 劙（lí）：割。

入里面去安排出荤腥菜蔬之类，铺在桌上。先生道："方才在酒店中请二位，不足为礼，就此尽醉方休。"两个公人面面相觑，私议道："这先生在酒店里请我们吃了，如今来庵里又安排许多酒食。欲待不吃，肚里又饥；待吃他的，不知他主何意故？"薛霸道："我两个押着这个罪人，干系不小。方离得郑州一程路，就撞见这个跷蹊的先生，若是有些缓急，都有老小在家里，不是耍笑！"董超道："且吃了他的，看他如何。"先生将酒出来，各人吃了十数杯，都饱了。两个公人道："谢先生酒食，都吃不得了。我三个借宿一宵，来早便行。"先生道："淡酒不足为礼，何必致谢。你二位且请坐。"那先生起身进去，不多时拿出两锭大银子来，都有五十两重。便道："二位各收一锭，休嫌轻微。"薛霸不则一声，董超道："感谢先生赐了酒食，又与银两，这银两决不敢受。"先生道："你二位权且收了，表意而已。"二人被先生推不过，各收了一锭。先生道："贫道有一件事奉告，不知你二位肯依么？"两个思量道："酒也吃了，银子也收了，如何不依得？"便道："先生休道一件事，十件事也依先生，但说不妨。"先生道："你两位各收了五十两银子，做了养家本，念卜吉是个含冤负屈的人，贫道又不认得他，只是以慈悲好事为念。且听卜吉说来，他是平白的人，却叫他吃这场屈官事。望二位怎地做个方便，留他在庵里相伴贫道，贫道姓张名鸾，若知州问时，只说张鸾要救卜吉便了。不知二位意下何如？"董超不敢则声。薛霸叫将起来道："先生！你好不晓事！率王之土，皆属王土。率土之民，皆属王民。你虽是出家人，住在郑州界上，也属知州所管。他是本官问出来的罪人，甚人敢收留他？你道我们得了你的银子，你便挟制着我们，你的银子分毫不动在此，请自收去！"先生道："不须焦躁，肯留时便留下；不肯留时，你二位收下银子，再告杯酒。"董超道："吃了先生酒食，又赐了银子，何须只顾劝酒？"先生道："不只劝酒，贫道有个小术，就呈二位看看：上至知州，下及庶民，都教他们赏月则个！"先生就怀中取出一张纸来，将剪刀在手，把纸剪了一个圆圆月儿，用酒滴在月上，喝声："起！"只见那纸月望空吹将起去。三个人齐喝彩道："好！"只见两轮月在天上。先生道："上此一杯酒。"这里四人自吃酒。

却说郑州上至知州，下及百姓，哄动了城里城外居民，都看空中有两轮明月。有那晓事的道："只有一轮月，如何有两轮月？此必是个妖月！"

且不说哄动众人，却说这先生与三个赏月吃酒将散，先生道："二位做个人情，把卜吉与了贫道罢！"董、薛二人道："我们家中各有老小，比先生不得，知州知道，我两个实难分解。"先生道："知州吩咐你们要安排他死，其事甚容易，我教你两个带一件表正与知州看。"只见先生将道袍袖结做一个肐膊，揣在背后，双手揪住卜吉，用索子将卜吉背剪绑了，缚在草厅上。薛霸道："先生！你早晨要救他，缘何如今又要缚他？"先生道："教你二人带他一件物事去见知州。"董超道："不知教我两个带甚的物事去？"先生道："知州既要坏他性命，如今贫道替你下手剖腹取心，带去与知州，表你二人能事。"董超道："使不得！这是断了的罪人，知州要谋害他，是知州的私意。如今将着心肝去，知道的便是先生杀了他；不知道的只说是我两个谋财害命。这一场屈官事，教我两个吃不起。"先生笑道："原来你们怕吃官事，我也取笑你们。"便把卜吉解了，就安排三个人睡。先生道："二位若回州里去时，说我张鸾要救卜吉，可牢记取。"三个叫了安置，就在外面宿歇，先生自进里面去了。

董超、薛霸一觉直睡到天明，闪开眼来看时，两个吃了一惊；身边不见了卜吉，也不见了庵院、先生，却睡在山神庙内纸钱堆里。两个面面相觑，道："苦也！苦也！我两个不晓事，走了罪人如何是好？"董超道："我们且不要慌，和你去告知州。"一径直回到郑州，正值知州午衙升厅。董超、薛霸来厅前跪下,知州便问道:"你两个解卜吉到山东,如何今日便回?"董超、薛霸道:"告相公!昨日押卜吉上路去,在三十里外撞见一个道士,邀到庵中,要夺卜吉,小人们和他争执,那道士是个异人,剪一轮纸月,吹在空中,便见两轮明月!"知州听得,说道:"作怪!昨晚因见两轮月,闹吵了州城一夜。后来却是如何?"董超道:"那道士教小人们就庵里歇睡了一夜,今日起早开眼打一看时,却是个山神庙的纸钱堆里,正不知卜吉和道士那里去了。那道士自称:'我叫做张鸾。'"知州道:"既有姓名,这妖人好捉了。"当日即唤缉捕使臣吩咐,言说未了,只见一个道士,铁冠草履,皂沿绯袍,直上厅前,高叫道:"知州!张鸾挺身来见!"喏也不唱。知州大怒道:"汝乃妖人,怎敢如此无礼!"张鸾道:"汝乃一州之主,如何屈断平人?卜吉无罪,把他刺配山东,路上兀自教人杀害他性命,又取了他无价宝物,是何道理?"知州道:"休得胡说!他有甚么无价的宝物?"张鸾道:"金鼎现在你库中,我就叫它出来!"只见张鸾叫声:"金鼎何不出来!"唬得知州并厅上、厅下的人都呆了。只见金鼎从空中飞将下来,直到厅上。知州见了,道:"怪哉!怪哉!"说犹未了,金鼎内跳出卜吉来,右手仗剑,左手揪住知州,就厅上把知州一剑剁为两段。众人见知州身死,俱各手足无措。厅上、厅下人都道:"终不成杀了知州就恁地罢了!"一起向前捉那张鸾、卜吉。两个见众人来捉,就马台石[1]上把身躯一匾,金鼎和二人都不见了。众人面面相觑,都道:"自不曾见这般怪异的事!"就请本州同知[2]管事,六房吏典买办棺木,将知州身尸盛了,一面差缉捕公人,四下里搜捉张鸾、卜吉,一面商议具表奏闻朝廷。只因此起,有分教:大闹河北,鼎沸东京。朝廷起兵发马收捉不得,直惹出一位正直大臣治

---

[1] 马台石:指上下马时脚踩的石头。
[2] 同知:官名。

国安民。正是：

聊将左道妖邪术，说诱如龙似虎人。

毕竟表奏朝廷如何？且听下回分解。

第九回

左瘸师买饼诱任迁　任吴张怒赶左瘸师

诗曰：

炊饼皆乌火不烧，猪头扎眼[1]法能高。

只因要捉瘸师去，致使三人遇女妖。

且说郑州官吏具表上奏仁宗皇帝，仁宗皇帝就将表文在御案上展开看了，遂问两班文武道："郑州知州被妖人杀害，卿等当以剿捕祛除。"道犹未了，忽见太史院官出班奏道："夜来妖星出现，正照双鱼宫，下临魏地，主有妖人作乱。乞我皇上圣鉴，早为准备。"仁宗皇帝曰："郑州新有此事，太史又奏妖星出现，事干利害，卿等当预为区处。"众官具奏道："目今南衙开封府缺知府，须得拣选清廉明正之人任之，庶可表率四方，祛除妖佞。"仁宗皇帝问："谁人可去任开封府？"众官奏道："龙图阁待制包拯，字希仁，庐州合肥人也。必须此人可任此职。"仁宗准奏，教宣至殿前，起居毕，命即日到任。龙图谢了恩出来，开封府祗候[2]人等迎至本府，免不得交割牌印，即日升厅。行文书下东京并所属州县，令百姓五家为一甲，五五二十五家为一保，不许安歇游手好闲之人在家宿歇。如有外方之人，须要询问乡贯来历。各处客店，不许容留单身客人。东京有二十八座门，各门张挂榜文，明白晓谕。百姓们都烧香顶礼道："好个龙图包相公！"治得开封府一郡人民无不欢喜。真个是：

---

[1] 扎眼：即眨眼。

[2] 祗（zhī）候：恭候。

第九回　左瘸师买饼诱任迁　任吴张怒赶左瘸师

两行吏立春冰上，一郡居民宝镜中。

那行人让路，鼓腹讴歌，路不拾遗，夜不闭户，肃静了一个东京。

去那后水巷里，有一个经纪人，姓任名迁，排行第一，人都叫他做小大一哥，乃是五熟行里人。何谓五熟行？

卖面的唤做汤熟，卖烧饼的唤做火熟，卖鲊[1]的唤做腌熟，卖炊饼的唤做气熟，卖馉饳[2]儿的唤做油熟。

这小大一哥是个好经纪人，去在行贩中争强夺胜。在家里做了一日卖的行货，都装在架子上，把炊饼、烧饼、馒头、馉饳糕装停当了。那小大一哥挑着担子，出到马行街十字路口，歇下担子，把门面铺了，和一般的经纪人厮叫[3]了，去架子后取一条三脚凳子方才坐得下，只听得厮郎郎地响一声，一个人径奔到架子边来，却不是买炊饼的。看那厮郎郎响的，此物唤做随速，殿家又唤做法环，是那解厌[4]法师摇着做招牌的。那法师摇着法环走来任迁架子边，看着任迁道："招财来，利市来，和合来，把钱来！"任迁忍不住笑道："捻恶气！"看那解厌法师时，身材矮小，头巾没额，顶上破了，露出头发来，一似乱草。披领破布衫，穿着旧布裤，一似狮子。脚穿破行缠断耳麻鞋，腰里系一条无须皂绦。任迁道："厌师仔细照管地下，不要踏了老鼠尾巴！巳牌前后来解厌，好不知早晚！"瘸师道："我也说出来得早了，只讨得六文钱。"任迁道："何不晚些出来？"瘸师道："哥哥莫怪！我娘儿两个在破窑里住，此时兀自没早饭得吃。胡乱与我一文钱，籴些米，娘儿们煮粥充饥。"任迁见他说得苦恼子，要与他一文钱，去腰里摸一摸看，却不曾带得出来。看着瘸师道："我有钱也不争这一文，

---

[1] 鲊（zhǎ）：经过加工的鱼类制品，如腌制的鱼。
[2] 馉饳：一种面制食品。
[3] 厮叫：打招呼。
[4] 解厌：解除饥饿；充饥。

今日未曾发市。"瘸师见他说没钱,便问道:"哥哥!炊饼怎地卖?"任迁道:"七文钱一个。"瘸师便去怀中取出六文钱来,摊在盘中,道:"哥哥!卖个炊饼与我娘吃!"任迁收了五文钱,把一文钱与瘸师道:"我也只当发市。"瘸师得了一文钱,藏在怀里。任迁去蒸笼里取一个大、一个小递与瘸师。瘸师伸手来接,任迁看他的手腌腌臜臜,黑魆魆地,道:"不知他几日不曾洗的!"瘸师接那炊饼在手里,看一看,捻一捻,看着任迁道:"哥哥!我娘八十岁,如何吃得炊饼?换个馒头与我。"任迁道:"弄得腌腌臜臜,别人看见须不要了。"安在前头筐[1]儿里,再去蒸笼里捉一个馒头与他。瘸师接得在手里,又捻一捻,问任迁道:"哥哥!里面有甚的?"任迁道:"一色精肉在里面。"瘸师道:"哥哥,我娘吃长素!如何吃得?换一个沙馅与我。"任迁道:"未曾发市,撞着这个男女!"待不换与他,只见架子边有许多人热闹,只得忍气吞声,又换一个沙馅与他。瘸师又接在手里捻一捻,道:"如何吃得他饱?只换个炊饼与我罢!"任迁看了焦躁道:"可知教你忍饥受饿!又只卖得你五文钱,倒坏了三个行货。这番不换了!"瘸师道:"哥哥休要焦躁,两个炊饼如何吃得我娘儿两个饱?不如只籴米煮粥吃罢!"去架子上捉了铜钱,看着架子上吹一口气便走。任迁道:"可耐这厮,坏了我三个行货,你待走那里去?"便来打那瘸师,忽然立住了脚寻思道:"这等一个模样,吃得几拳头脚尖?若是有些一差二误,倒打人命官司,只好饶他罢休!"回过身来,到架子边定睛打一看时,任迁只叫得苦;一架子馒头、炊饼都变做浮炭也似黑的。任迁大怒道:"这厮蒿恼了我半日,又坏了一架子行货,这一日道路[2]罢了,正是和他性命相搏!"吩咐一般经纪人看着架子,揎[3]

---

[1] 筐(cuō):盛食物用的竹编器。
[2] 道路:买卖;活计。
[3] 揎(xuān):捋起袖子露出手臂。

拳曳步向前来赶瘸师。

后生家生性，赶了半日不见，欲待回来，只听得前头厮郎郎响声。任迁道："莫非便是那厮么？"望前头直赶来，看又不见。翻来覆去，直赶到安上大门楼下，见一伙人围着一个肉案子门前看。任迁道："这是我相识张屠家里，不知做甚的有这许多人？"立住了脚，去人丛里望一望，只见一个婆婆倒在地上，一个后生扶着，口里不住叫娘，叫了半个时辰醒来，婆婆紧紧地闭着眼不肯开。后生道："娘！你放松颡[1]些，开了眼！"婆婆道："快扶我归去。"后生道："你开开眼！"婆婆道："我怕了，开不得！"后生扶了婆婆自去了。任迁道："不知这婆婆因甚倒在这里？"只见张屠道："众人散开！没甚好看！"任迁认得本人姓张名琪，排行第一。任迁道："一郎多时不见！"张屠道："任大哥，那里去来？"任迁道："干些闲事。"张屠道："任大哥入来，我告诉你。"任迁入去，问张屠道："门首做甚么这等热闹？"张屠道："不曾见这般跷蹊作怪的事，方才一个瘸脚的道人，上裹破头巾，身穿破布衫，手里拿着法环，口里道：'招财来，利市来，和合来，把钱来！'我道：'瘸师，你好不知早晚，想是你家没有天窗。'瘸师听了道：'没钱便罢休，却取笑我怎地！'不想看着挂在案子上的猪头，摸一摸，口里动动地不知说些甚的，摇着法环自去了。我也不把他为事。侧首院子里做花儿的翟二郎，定下这个猪头，却教他娘来取，我除下猪头与他，这猪头扎眉扎眼，张开口把婆婆一口咬住，惊死那婆婆在地。我慌忙教小博士[2]叫他儿子来，早是救得他活，若是有些山高水低，倒要吃他一场官事。他儿子提起这猪头来看时，又没些动静。翟二郎道老人家自眼花了，何曾见死的猪头扎眉扎眼，方才扶了娘去。"任迁听了，

---
[1] 颡（sǎng）：疑为"爽"。
[2] 博士：古时从事某种职业的人。如茶博士，酒博士。

把适间瘸师买炊饼的事从头至尾对张屠说了一遍。张屠道:"作怪!作怪!"说犹未了,只听得法环响。任迁道:"这厮兀自在前面!"张屠道:"坏了你炊饼不打紧,也不甚厉害,争些儿教我与婆婆偿命。不须你动手,待我捉这厮打一顿好的!"任迁道:"我和你去赶那厮。"曳开脚步来赶瘸师。

赶了半日不见,张屠看着任迁,道:"如何是好?若还赶着,断无干休。如今赶他不上,回去了罢。"却待要回,又听得法环响。又赶了五六里,出安上大门约有十余里路了,听得法环响,只是赶不着。两个却待要回,只见市梢头一个素面店门前,一个人拿着一条棒打一个汉子。张屠却认得是卖素面的吴三郎。张屠道:"三郎息怒,看我面饶恕他罢!"吴三郎住了手,道:"一店人要吃面了赶路,教他去烧火,横也烧不着,竖也烧不着,半日不能得锅里热,人都走了去。定教他皮开肉绽!"张屠道:"看我面罢休!"吴三郎道:"你今朝不是日分[1],出来闲走?"张屠遂把适才瘸师的事,一一说了一遍。吴三郎听罢呆了,道:"怎地我便错打了他。你两个听我说:我当着灶上,只见一个瘸师摇着法环到我门前,叫道:'招财来,利市来,和合来,把钱来!'我手里正忙,我道:'你也没早晚,日中出来解厌,晚些出来怕鬼捉了你去?我没零碎钱,且空过这一遭。'只见他看着我锅里吹一口气便走了去,他转得背,我叫小博士去烧火,却如何烧得着,有两顿饭间,只是烧不着,许多吃面的人等不得,都走散了。我因此上打他。若不是你们说时,我那里知道。可耐这厮却是毒害,坏了我一日买卖!"说话之间,只听得法环响。吴三郎望一望,见瘸师在前面一路摇将去。吴三郎、任迁、张屠三个一起道:"我们去赶瘸师!"瘸师见三个人来赶,急急便走。只

---

[1] 日分:日子;日期。

因他三个来赶瘸师,有分教:到一个冷静佛门,见一件跷蹊作怪的事。正是:

　　开天辟地不曾闻,从古至今稀罕见。

毕竟三人赶瘸师到何处,见甚事来?且听下回分解。

第十回

莫坡寺癞师入佛肚　任吴张梦授永儿法

诗曰：

淳于梦入南柯去[1]，庄周蝴蝶亦相知[2]。

世上万般皆是梦，得失荣枯在一时。

当下癞师见任、吴、张三人赶来，急急便走，紧赶紧走，慢赶慢走，不赶不走。三人只是赶不上。张屠道："且看他下落，却和他理会不妨。"三人离了京师，行了一二十里，赶到一个去处，叫做蛟虬莫坡，那条路真个冷静，有一座寺叫做莫坡寺，只见癞师径走入莫坡寺里去了。张屠道："好了！他走了死路了，看他那里去？我们如今三路去赶！"任迁道："说得是！"吴三郎从中间去赶，张屠从左廊入去赶，任迁从右廊入去赶。

癞师见三人分三路来赶，径奔上佛殿，爬上供桌，踏着佛手，爬上佛肩，双手捧着佛头。三人齐赶上佛殿，看着癞师道："你好好地下来，你若不下来，我们自上佛身拖你下来！"癞师道："苦也！佛救我则个！"只见癞师把佛头只一额[3]，那佛头骨碌碌滚将下来，癞师便将身早钻入佛肚子里去了。张屠道："却不作怪！佛肚里没有路，

---

[1]淳于梦入南柯去：典出唐・李公佐《南柯太守传》淳于梦入槐安国，与公主结婚，拜为太守，享尽荣华富贵。醒来后发现槐安国就是他家大槐树下的蚁穴。比喻一场空欢喜。

[2]庄周蝴蝶亦相知：典出自《庄子・齐物论》。庄周在梦中变为蝴蝶。比喻人生变幻无常。

[3]额：疑为扼。

你钻入去则甚？终不成罢了？"张屠扒上供桌，踏着佛手，盘上佛肩，双手攀着佛腔子，望一望，里面黑暗暗地；只见佛腔子中伸出一只手来，把张屠匹角儿揪住，张屠倒跌入佛肚里去了。吴三郎、任迁叫声："苦！"不知高低，两个计较道："怎地好？"任迁道："不妨事，我且上去看一看，便知分晓。"吴三郎道："小大一哥，放仔细些，休要也入去了！"任迁道："我不比张一郎。"即时爬上供桌，踏着佛手，盘在佛肩上，扳着佛腔子望里面时，只见黑暗暗地，叫道："张一郎！你在那里？"叫时不应，只见一只手伸出来，一把揪住任迁，任迁吃了一惊，连声叫道："亲爹爹！活爹爹！可怜见饶了我，再也不敢来赶你了！我特来问你，要炊饼，要馒头，沙馅？我便送将来与你吃！"只见任迁头朝下，脚朝上，倒撞入佛肚里去了。吴三郎看了道："苦呀！苦呀！他两个都跌入佛肚里去，我却如何独自归去得？"欲待上去望一望看，只怕也跌了入去。欲待自要回去，这两个性命如何，没做道理处，只得上去望一望。爬上供桌，手脚酥麻，抖做一堆，不敢上去。寻思了半晌，没奈何，只得踏着佛手，攀着佛腔子，欲待望一望，又怕跌了入去。欲进不得，欲退不得。吴三郎自思量道："好没运智！只消得去寻些硬的物事来，打破了佛肚皮，便救得他两个出来。"正待要下供桌，却似有个人在背后拦腰抱住了，只一揰，把吴三郎也跌入佛肚子里去了，一脚踏着任迁的头。任迁叫道："踏了我也！"吴三郎道："你是兀谁？"任迁应道："我是任迁！"吴三郎道："张一郎在那里？"只见张琪应道："在这里！"任迁道："吴三郎！你如何也在这里来了？"吴三郎道："我上佛腔子来望你们一望，却似一个人把我撑入佛肚里来。"任迁道："我也似一个人伸只手匹角儿揪我入来。"张屠道："我也是如此。这揪我们的必然是癞师，他也耍得我们好了。四下里摸看，若摸得他见时，我们且不要打他，只教他扶我们三个出佛肚去。他若不肯扶我们出去时，不得不打他了。"当时三个四下里去摸，却不见瘸师。任迁道："原来佛肚里这等宽大,我们行得一步是一步。"张屠道："黑了如何行得？"任迁道："我扶着你了行。"吴三郎道："我也随着你行。"迤逦[1]行了半里来路,张屠道："却不作怪！莫坡寺殿里能得多少大？佛肚里倒行了许多路！"

正说之间,忽见前面一点明亮。吴三郎道："这里原来有路！"又行几步看时,见一座石门参差,门缝里射出一路亮来。张屠向前用手推开石门,伫目定睛只一看,叫声："好！"不知高低,但见：

物外风光,奇花烂漫。燕子双双,百步画桥,绿水回还。

张屠道："这里景致非凡！"吴三郎道："谁知莫坡寺佛肚里有此景致！"任迁道："又无人烟,何路可归？"张屠道："不妨,既有路,必有人烟。我们且行。"又行了二三里路,见一所庄院。但见：

满园花灼灼,篱畔竹青青。冷冷溪水碧澄澄,莹莹照人寒济济。茅斋寂静,衔泥燕子趁风飞；院宇萧疏,弄舌流莺穿日暖。黄头稚子跨牛归,独唱山歌；黑体村夫耕种罢,单闻村曲。羸羸[2]瘦犬,隔篱边大吠行人；寂寂孤禽,嗟古木声催过客。

张屠道："待我叫这个庄院。"当时张屠来叫道："我们是迷踪失路的！"只听得里面应道："来也！来也！"门开处,走出一个婆婆来。三个和婆婆厮叫了,婆婆还了礼,问道："你三位是那里来的？"张屠道："我三个是城中人,迷路到此。一来问路,二来问庄里有饭食回些吃。"婆婆道："我是村庄人家,如何有饭食得卖。若客人到此,便吃一顿饭何妨。你们随我入来。"三个随婆婆直至草厅上木凳子上坐定。婆婆掇张桌子放在三个面前,婆婆道："我看你们肚内饥了,一面安排饭食你们吃。你们若吃得酒时,一家先吃碗酒。"三个道："怎地感谢

---

[1] 迤逦：曲折连绵。
[2] 羸（léi）：瘦。

庄主！"婆婆进里面不多时，拿出一壶酒，安了三只碗；香喷喷地托出一盘肉来，斟下三碗酒。婆婆道："不比你们城市中酒好，这里酒是杜酝的，胡乱当茶。"三个因赶瘸师走得又饥又渴，不曾吃得点心，闻得肉香，三个道："好吃！"一人吃了两碗酒。婆婆搬出饭来，三个都吃饱了。三个道："感谢庄主，依例纳钱。"婆婆道："些少酒饭，如何要钱！"一面收拾家生[1]入去。三个正要谢别婆婆，求他指引出路，只见庄门外一个人走入来。

三个看时，不是别人，却正是瘸师。张屠道："被你这厮蒿恼了我们半日，你却在这里！"三个急下草厅来，却似鹰拿燕雀，捉住瘸师，却待要打，只见瘸师叫道："娘娘救我则个！"那婆婆从庄里走出来，叫道："你三个不得无礼，这是我的儿子，有事时但看我面！"下草厅来叫三个放了手，再请三个入草厅坐了。婆婆道："我适间好意办酒食相待，如何见了我孩儿却要打他？你们好没道理！"张屠道："罪过庄主办酒相待，我们实不知这瘸师是庄主孩儿，奈他不近道理。若不看庄主面时，打教他粉骨碎身。"婆婆道："我孩儿做甚么了，你们要打他？"张屠、任迁、吴三郎都把早间的事对婆婆说了一遍。婆婆道："据三位大郎说时，都是我的儿子不是。待我叫他求告了三位则个。"瘸师走到面前，婆婆道："三位大郎且看老拙之面，饶他则个！"三人道："告婆婆！我们也不愿与他争了，只教他送我们出去便了。"婆婆道："且请稍坐。我想你三位都是有缘的人方到得这里。既到这里，终不成只怎地回去罢了？我们都有法术，教你们一人学一件，把去终身受用。"婆婆看着瘸师道："你只除不出去，出去便要惹事，直教三位来到这里。你有甚法术，教他三位看。"婆婆看着三个道："我孩儿学得些剧术[2]，对你三位施呈则个。"三个道："感谢婆婆！"瘸师道：

---

[1] 家生：指家具、器皿。
[2] 剧术：法术。

"请娘娘法旨！"去腰间取出个葫芦儿来，口中念念有词，喝声道："疾！"只见葫芦儿口里倒出一道水来，众人都道："好！"瘸师道："我收与哥哥们看。"渐渐收那水入葫芦里去了。又口中念念有词，喝声道："疾！"放出一道火来，众人又道："好！"瘸师又渐渐收那火入葫芦里去了。张屠道："告瘸师！肯与我这个葫芦儿么？"婆婆道："我儿！把这个水火葫芦儿与了这个大郎。"瘸师不敢逆婆婆的意，就将这水火葫芦儿与了张屠，张屠谢了。瘸师道："我再有一件剧术教你们看。"取出一张纸来，剪出一匹马，安在地上，喝声道："疾！"那纸马通身雪白，如绵做的一般，摇一摇，立起地上，能行快走。瘸师骑上那马，喝一声，只见曳曳地从空而起。良久，那马渐渐下地，瘸师歇下马来，依然是匹纸马。瘸师道："那个大郎要？"吴三郎道："我要觅这个纸马儿法术则个。"瘸师就将这纸马儿与了吴三郎，吴三郎谢了。婆婆看着瘸师道："两个大郎皆有法术了，这个大郎如何？"瘸师道："娘娘法旨本不敢违，但恐孩儿法力低小。"正说之间，只见一个妇人走出来。

那妇人不是别人，正是胡永儿。永儿与众人道了万福，向着婆婆道："告娘娘！奴奴教这大郎一件法术，请娘娘法旨。"婆婆道："愿观圣作。"胡永儿入去掇一条板凳出来，安在草厅前地上，永儿骑在凳上，口中念念有词，喝声道："疾！"只见那凳子变做一只吊睛白额大虫。但见：

项短身圆耳小，眉锥白额银堆；爪蹄轻展疾如飞，跳涧如同平地。剪尾能惊獐鹿，咆哮吓杀狐狸；卞庄[1]虽勇怎生施？
子路也难挡抵！

胡永儿骑着大虫，叫声："起！"那大虫便腾空而起。喝声："住！"那大虫渐渐地下来。喝声"疾！"只见那大虫依旧是条板凳。婆婆道：

---

[1] 卞庄：卞庄子。春秋时鲁国卞邑大夫，以勇力驰名。

"任大郎你见么？"任迁道："告婆婆！已见了。"婆婆道："吾女可传这个法术与了任大郎。"胡永儿传法与任迁，任迁谢了。婆婆道："你三人各演一遍。"三人演得都会了。婆婆道："你三人既有了法术，我有一件事对你们说，不知你三人肯依么？"张屠道："告婆婆！不知教我们依甚的，但说不妨。"婆婆道："你们可牢记取，他日异时可来贝州相助，不可不来。"张屠道："既蒙婆婆吩咐，他日定来贝州相助。今日乞指引一条归路回去则个。"婆婆道："我教孩儿送你们入城中去。"瘸师道："领法旨。"三个拜谢了婆婆，婆婆看着三人道："我今日教孩儿暂送三位大郎回去，明日可都来莫坡寺相等。"

　　三人辞别了婆婆、永儿，当时瘸师引着路约行了半里，只见一座高山，瘸师与三人同上山来。瘸师道："大郎，你们望见京城么？"张屠、吴三郎、任迁看时，见京城在咫尺之间。三人正看间，只见瘸师猛可地把三人一推，都跌下来，撒然惊觉，却在佛殿上。张屠正疑之间，只见吴三郎、任迁也醒来。张屠问道："你两个曾见甚么来？"吴三郎道："瘸师教我们法术来。你的葫芦儿在也不在？"张屠摸一摸看时，有在怀里。吴三郎道："我的纸马儿也在这里。"任迁道："我学的是变大虫的咒语。"张屠道："我们似梦非梦，那瘸师和婆婆并那胡永儿想都是异人，只管说他日异时可来贝州相助，不知是何意故？"三人正没做理会处，只见佛殿背后走出瘸师来，道："你们且回去，把本事法术记得明白，明日却来寺中相等。"当时三人辞了瘸师，各自归家。

　　当日无话。次日吃早饭罢，三人来莫坡寺里，上佛殿来看，佛头端然不动。三人望后殿来寻婆婆和瘸师，却没寻处。张屠道："我们回去罢！"正说之间，只听得有人叫道："你三人不得退心，我在这里等你们多时了！"三个回头看时，只见佛殿背后走出来的，正是昨日的婆婆。三个见了，一起躬身唱喏。婆婆道："三位大郎何来甚晚？昨日传与你们的法术，可与我施逞一遍，异日好用。"张屠道："我是水火既济葫芦儿。"口中念念有词,喝声道:"疾!"只见葫芦儿口内倒出一道水来。叫声:"收!"那水渐渐收入葫芦儿里去。又喝道:"疾!"只见一道火光从葫芦儿口内奔将出来。又叫声:"收!"那火渐渐收入葫芦儿里去了。张屠欢喜道:"会了!"吴三郎去怀中取出纸马儿来,放在地上,口中念念有词,喝声道:"疾!"变做一匹白马,四只蹄儿巴巴地行。吴三郎骑了半晌,跳下马来,依旧是纸马。任迁去后殿掇出一条板凳来,骑在凳上,口中念念有词,喝声道:"疾!"只见那凳子变做一只大虫,咆哮而走。任迁喝声:"住!"那大虫渐渐收来,依旧是条凳子。

三人正逞法术之间,只听得有人叫道:"清平世界,荡荡乾坤,你们在此施逞妖法。见今官司明张榜文要捉妖人,若官司得知,须连累我!"众人听得,慌忙回转头来看时,却是一个和尚,身披烈火袈裟,耳带金环。那和尚道:"贫僧在廊下看你们多时了!"婆婆道:"吾师恕罪,我在此教他们些小法术。"和尚道:"教得他们好,便不枉了用心;教得他们不好,空劳心力。可对贫僧施逞则个。"婆婆再教三人施逞法术,三人俱各做了。婆婆道:"吾师!我三个徒弟何如!"和尚笑道:"依小僧看来,都不为好。"婆婆焦躁道:"你和尚家敢有惊天动地的本事?你会甚么法术,也做与我们看一看则个!"只见和尚伸出一只手来,放开五个指头,指头上放出五道金光,金光里现出五尊佛来!任、吴、张三个见了便拜。

三个正拜之间,只听得有人叫道:"这座寺乃朝廷敕建之寺,你们如何在此学金刚禅邪法?"和尚即收了金光,众人看时,却是一个道士,骑着一匹猛兽,望殿上来;见了婆婆,跳下猛兽,擎拳稽首道:"弟子特来拜揖!"婆婆道:"先生稍坐!"先生与和尚拜了揖,任、吴、张三个也来与先生拜揖。先生问道:"这三位大郎皆有法术了么?"婆婆道:"有了。"先生道:"贫道也度得一个徒弟在此。"婆婆道:"在那里?"只见先生看着猛兽道:"可收了神通!"那猛兽把头摇一摇,尾摆一摆,不见了猛兽,立起身来,却是一个人。众人大惊。婆婆看时,不是别人,正是客人卜吉。卜吉与婆婆唱个喏,婆婆道:"卜吉!你因何到此?"卜吉道:"告婆婆!若不是老师张先生救得我性命时,争些儿不与婆婆相见。"婆婆问先生道:"你如何救得他?"先生道:"贫道在郑州三十里外林子里,听得有人叫:'圣姑姑救我则个!'贫道思忖道:此乃婆婆之名,谓何有人叫唤?急赶入去看时,却见卜吉被人吊在树上,正欲谋害。贫道问起缘由,卜吉将前后事情对贫道说了,因此略施小术,救了他大难。"婆婆道:"原来如此。恁地时,先生也教得有法术了?"卜吉道:"有了。"婆婆道:"你们曾见我的法术么?"和尚并道士道:"愿观圣作。"只见婆婆去头上取下一只金钗来,喝声道:"疾!"变为一口宝剑,把胸前打一划,放下宝剑,双手把那皮只一拍,拍开来。众人向前看时,但见:

  金钉朱户,碧瓦盈檐。交加翠柏当门,合抱青松绕殿。
  仙童击鼓,一群白鹤听经;玉女鸣钟,数个青猿煨药。不异蓬莱仙境,宛如紫府洞天。

众人都看了失惊道:"好!"正看之间,只听得门前发声喊,一行人从外面走入来。众人都慌道:"却怎地好?"和尚道:"你们不要慌,都随我入来!"掩映处背身藏了。

看那一行有二十余人,都腰带着弓弩,手架着鹰鹞;也有五放家[1],也有官身[2],也有私身[3]。马上坐着一个中贵官人,来到殿前下了马,展开交椅来坐了,随从人分立两旁。原来这个中贵官叫做善王太尉,是日却不该他进内上班,因此得暇,带着一行人出城来闲游戏耍。

---

[1] 五放家:教习放鹰的人。鹰有五类,所以称五放家。
[2] 官身:有官差在身的役吏。
[3] 私身:老百姓。

信步直来到莫坡寺中,与众人踢一回气球了,又射一回箭。赏了各人酒食,自己在殿中饮了数杯,便上马,一行人众随从自去了。

众人再来佛殿上来,婆婆道:"我只道做甚么的,却原来一行人来作乐耍子,也教我们吃他一惊。"张屠、任迁、吴三郎道:"我们认得他是中贵官,在白铁班住,唤做善王太尉,如法好善,斋僧布施。"和尚听得说,道:"看我明日去蒿恼他则个。"众人各自散了。只因和尚要去恼善王太尉,直使得开封府三十来个眼明手快的公人,伶俐了得的观察使臣不得安迹,见了也捉他不得。恼乱了东京城,鼎沸了汴州郡。真所谓白身[1]经纪,翻为二会子之人;清秀愚人,变做金刚禅之客。正是:

只因学会妖邪法,葬送堂堂六尺躯。

毕竟和尚怎地去恼人?且听下回分解。

---

[1] 白身:清白之身。

第十一回

弹子和尚摄善王钱　杜七圣法术剁孩儿

诗曰：

九天玄女法多端，要学之时事豁然。

戒得贪嗔淫欲事，分明世上小神仙。

话说善王太尉，那日在城外闲游回归府中，当日无事，众人都自散了。次日，官身、私身、闲汉都来唱喏。太尉道："昨日出城闲走了一日，今日不出去了，只在后花园安排饮酒。"教众人都休散去，且来园里看戏文耍子。原来这座花园不则一座亭子，闲玩处甚多，今日来到这座亭子，谓之四望亭。众人去那亭子里安排着太尉的饮馔，太尉独自一个坐在亭子上；上自官身、私身，下及跟随伏事的，各自去施逞本事。正饮酒之间，只听得那四望亭子的亭柱上一声响，上至太尉，下至手下的人，都吃一惊。看时，不知是甚人打这一个弹子来花园里来。太尉道："叵耐这厮，早是打在亭柱上，若打着我时，却不利害！"叫众人看是谁人打入来的？众人四下里看时，老大一个花园，周围墙垣又高，如何打得入来？正说之间，只见那弹子滚在亭子地上，托托地跳了几跳，一似碾线儿也似团团地转，转了千百遭。太尉道："却不作怪！"只见一声响，爆出一个小的人儿来，初时小，被凡风只一吹，渐渐长大，变做一个六尺来长的和尚，身披烈火袈裟，耳坠金环。太尉并众人见了，都吃一惊。

只见那和尚走向前来，看着太尉道："拜揖！"太尉见了，口中不说，心下思量道："好个僧家，不可慢他。"抬起身来还礼，问道："圣僧因何至此？"和尚道："贫僧是代州雁门县五台山文殊院行脚僧[1]，特来拜见太尉，欲求一斋。"这太尉从来敬重佛法，时常拜礼三宝[2]，见了这般的和尚来求斋，又来得跷蹊，如何不惊喜。太尉教："请坐。"和尚对着太尉坐了，道："有妨太尉饮宴。"太尉命厨下一面办斋，向着和尚道："吾师肯相伴先饮数杯酒么？"和尚道："多感！"面前铺下一应玩器食馔等物，尽是御赐金盏、金盘。和尚道："有心斋僧，这等小盏子如何吃得贫僧快活。"太尉见说，即时教取个大金钟子来，放在和尚面前。太尉只是盏子吃，和尚用大钟子吃。太尉教只顾斟酒，和尚也不推故，吃上三十来大金钟，太尉喜欢道："不是圣僧，如何吃得许多酒！"厨下禀道："素食办了。"太尉道："斋食既完，请吾师斋。"教搬将来，放在和尚面前。太尉面前些少相陪。和尚见了素食，拿起来吃，只不放下碗和箸。太尉教从人入去添来，这和尚饭来，羹来，酒来，尽数吃尽，教供给的做手脚不迭。手下人都呆了。太尉见他吃得，也呆了，道："这个和尚必是圣僧，吃酒吃食，都不知吃去那里去了！"只见和尚放下碗和箸，手下人道："惭愧！也有吃了的日子！"和尚道："才饱了！"收拾过斋器，点将茶来；茶罢，和尚起身谢了太尉。太尉喜欢道："吾师！粗斋不必致谢。敢问吾师斋罢望甚处去？"和尚道："贫僧乃是五台山文殊院化主，长老法旨，教贫僧来募缘；文殊院山门崩损，用得三千贯钱修盖山门。贫僧今日遭际太尉，蒙赐一斋；太尉若舍得三千贯钱，成就这山门盛事，愿太尉增福延寿，广种福田。"太尉道："这是小缘事，不知吾师几时来勾疏[3]？"和尚道："不必勾疏，便得更好，山门多幸。"太尉道："吾师！我把金银与你如何？"和尚道："把金银与贫僧，不便去买料物，若得三千贯铜钱甚好。"太尉暗

---

[1] 行脚僧：云游四方的和尚。
[2] 三宝：佛教名词。指佛教中的佛宝、法宝、僧宝。
[3] 勾疏：勾通；疏导。

笑,道:"吾师!你独自一个在这里,三千贯铜钱也须得许多人搬挑!"和尚道:"告太尉!贫僧自有道理。"太尉即时叫主管开库,教官身、私身、虞侯轮番去搬铜钱来,堆在亭子外地上;一百贯一堆,共三十堆。太尉道:"吾师!三千贯铜钱在这里了,路程遥远,要使许多人夫脚钱,怎地能够得到五台山?"和尚道:"不妨!"起身下亭子来,谢了太尉喜舍:"不须太尉费力,贫僧自有人夫搬挑去。"袖中取出一卷经来,太尉口中不道,心下思量:"且看他怎地?"和尚道:"僧家佛力浩大。"自把经卷看了一遍,教一行人且开。只见那和尚眨眼把那卷经去虚空中打一撒,变成一条金桥。那和尚望空中招手叫道:"五台山众行者、火工、人夫!我向善王太尉抄化得三千贯铜钱,你众人可来搬去则个!"无移时,只见空中经上,众行者并火工、人夫滚滚攘攘下来,都到四望亭子下,将这三千贯铜钱驮的驮,搬的搬,霎时间都搬了去。和尚向前道:"感谢太尉赐了斋,又喜舍三千贯铜钱,异日如到五台山,贫僧当会众僧,撞钟击鼓,幢幡宝盖,接引太尉。贫僧归五台山去也!"和尚与太尉相辞了,也走上金桥去,渐渐地小,去得远,不见了。空中起一阵风,风过处,金桥也不见了。太尉甚是喜欢,教从人焚香礼拜,道:"小官斋僧布施五十余年,今日遇得这个圣僧罗汉!"众人都来与太尉贺喜。

当日无事,次日是上值日期,太尉早起梳洗,厅下祗应人从跟随,直到内前下轿入内来。太尉当日却来得早些个,从待班阁子前过,遇着一个官人相揖,这官人正是开封府包待制。这包待制自从治了开封府,那一府百姓无不喜欢。因见他:

平生正直,秉性贤明。常怀忠孝之心,每存仁慈之念。户口增,田野辟,黎民颂德满街衢;词讼减,盗贼潜,父老讴歌喧市井。攀辕截镫,名标青史播千年;勒石镌碑,声振黄堂传万古。果然是慷慨文章欺李杜[1]，贤良方正胜龚黄[2]。

当日包待制伺候早朝，见了太尉请少坐。太尉是个正直的人，包待制是个清廉的官，彼此耳内各闻清德。虽然太尉是个中贵官，心里喜欢这包待制，包待制亦喜欢这王太尉。两个在阁子里坐下，太尉道："凡为人在世，善恶皆有报应。"包待制道："包某受职亦然，如包某在开封府断了多少公事，那犯事的人，必待断治，方能悔过迁善。比如太尉平常好善，不知有甚报应？"王太尉道："且不说别事，如王某昨日在后花园内亭子上赏玩，从空中打下一个弹子，弹子内爆出一员圣僧来，口称是五台山文殊院化主，问某求斋。某斋了他，又问某化三千贯铜钱，不使一个人搬去，把一卷经从空中打一撒，化成一座金桥，叫下五台山行者、火工、人夫，无片时都搬了去，和尚也上金桥去了。凡间岂无诸佛罗汉！"包待制见说，口中不道，心下思量："这件事又作怪！"渐渐天晓，文武俱入内朝罢，百官各自回了衙门。

包待制回府，不来打断公事，问当日听差应捕人役是谁，只见阶下一人唱喏，却是缉捕使臣温殿直[3]。大尹道："今日早朝间在待班阁子里坐，见善王太尉说，昨日他在后花园亭子上饮酒，外面打一个弹子入来，弹子里爆出一个和尚，口称是五台山文殊院募缘僧，抄化他三千贯铜钱去了。那太尉道他是圣僧罗汉，我想他既是圣僧罗汉，要钱何用？据我见识，必是妖僧。见今郑州知州被妖人张鸾、卜吉所杀，出榜捉拿，至今未获。怎么京城禁地容得这般妖人。"指着温殿直道："你即今就要捉这妖僧赴厅见我。"

温殿直只得应喏。领了台旨，出府门，由甘泉坊径入使臣房，来

---

[1] 李杜：指唐朝诗人李白、杜甫。
[2] 龚黄：指汉代循吏龚遂、黄霸。
[3] 殿直：在官殿上值勤的人。

厅上坐定。两边摆着做公的[1]众人，见温殿直眉头不展，面带忧容，低着头不则声，内有一个做公的，常时温殿直最喜他。其人姓冉名贵，叫做冉土宿；一只眼常闭，天下世界上人做不得的事，他便做得，与温殿直捉了许多疑难公事，因此温殿直喜他。当时冉贵向前道："告长官，不知有甚事，恁地烦恼？"温殿直道："冉大！说起来教你也烦恼。却才大尹叫我上厅去，说早朝时白铁班善王太尉说道：昨日在后花园亭子上饮酒，见外面打一个弹子入来，爆出一个和尚，问善王太尉布施了三千贯铜钱去。善王太尉说他是圣僧罗汉。大尹道：他既是圣僧罗汉，如何要钱？必然是个妖僧，限我今日要捉这个和尚。我想他觅了三千贯铜钱，自望他州外府去了，教我去那里捉他？包大尹又不比别的官员，且是难伏事，只得应成了出来，终不成和尚自家来出首？没计奈何，因此烦恼。"冉贵道："这件事何难，于今吩咐许多做公的，各自用心分路去绕京城二十八门去捉，若是迟了，只怕他分散去了。"温殿直道："说得有理，你年纪大，终是有见识。"看着做公的道："你们分头去干办，各要用心！"众人应允去了。

温殿直自带着冉贵和两个了得的心腹人，也出使臣房，离了甘泉坊，奔东京大路来。温殿直用暖帽遮了脸，冉贵扮做当值的模样，眼也不闭。茶坊、酒店铺内略有些叉色[2]的人，即便去挨查审问。温殿直对冉贵说道："他投东洋大海中去，那里去寻？"冉贵道："观察不要输了志气，走到晚却又理会。"两个走到相国寺前，只见靠墙边簇拥着一伙人在那里。冉贵道："观察稍等，待我去看一看。"跐起脚来，人丛里见一二百人中间围着一个人，头上裹顶头巾，戴一朵罗帛做的牡丹花，脑后盆来大一对金环，曳着半衣，系条绣裹肚，着一双多耳麻鞋，露出一身锦片也似文字。后面插一条银枪，竖几面落旗儿，放

---

[1] 做公的：指衙役。
[2] 叉色：赌博用语。

一对金漆竹笼。却是一个行法的,引着这一丛人在那里看。

原来这个人在京有名,叫做杜七圣。那杜七圣拱着手道:"我是东京人氏,这里是诸路军州官员客旅去处,有认得杜七圣的,有不认得杜七圣的,不识也闻名。年年上朝东岳,与人赌赛,只是夺头筹[1]。有人问道:杜七圣!你会甚本事?我道:两轮日月,一合乾坤。天之上,地之下,除了我师父,不曾撞见个对手与我斗这家法术!"回头叫声:"寿寿我儿,你出来!"看那小厮脱剥了上截衣服,玉碾也似白肉。那伙人喝声彩道:"好个孩儿!"杜七圣道:"我在东京上上下下,有几个一年也有曾见的,也有不曾见的。我这家法术,是祖师留下,焰火炖油,热锅煅[2]碗,唤做续头法。把我孩儿卧在凳上,用刀割下头来,把这布袱来盖了,依先接上这孩儿的头。众位看官在此,先教我卖了这一百道符,然后施逞自家法术。我这符只要卖五个铜钱一道!"打起锣儿来,那看的人时刻间挨挤不开。约有二三百人,只卖得四十道符。杜七圣焦躁不卖得符,看着一伙人道:"莫不众位看官中有会事的,敢下场来斗法么?"问了三声,又问三声,没人下来。杜七圣道:"我这家法术,教孩儿卧在板凳上,作法念了咒语,却像睡着的一般。"正要施逞法术解数,却恨人丛里一个和尚会得这家法术,因见他出了大言,被和尚先念了咒,道声:"疾!"把孩儿的魂魄先收了,安在衣裳袖里。看见对门有一个面店,和尚道:"我正肚饥,且去吃碗面了来,却还他儿子的魂魄未迟!"和尚走入面店楼上,靠着街窗,看着杜七圣坐了。过卖的来放下箸子,铺下小菜,问了面,自下去了。和尚把孩儿的魂魄取出来,用碟儿盖了,安在桌子上,一边自等面吃。

话分两头,却说杜七圣念了咒,拿起刀来剁那孩儿的头落了,看

---

[1] 头筹:第一。
[2] 煅(xiā):火气猛。

的人越多了。杜七圣放下刀，把卧单来盖了，提起符来去那孩儿身上盘几遭，念了咒，杜七圣道："看官！休怪我久占独角案，此舟过去想无舟。逞了这家法，卖这百道符！"双手揭起被单来看时，只见孩儿的头接不上。众人发声喊道："每常揭起卧单，那孩儿便跳起来。今日接不上，决撒了！"杜七圣慌忙再把卧单来盖定，用言语瞒着那看的人道："看官只道容易，管取这番接上！"再叩齿作法，念咒语，揭起卧单来看时，又接不上。杜七圣慌了，看着那看的人道："众位看官在上！道路虽然各别，养家总是一般。只因家火相逼，适间言语不到处，望看官们恕罪则个！这番教我接了头，下来吃杯酒。四海之内，皆相识也！"杜七圣伏罪道："是我不是了，这番接上了。"只顾口中念咒，揭起卧单看时，又接不上。杜七圣焦躁道："你教我孩儿接不上头，我又求告你，再三认自己的不是，要你饶恕，你却直恁地无礼！"便去后面笼儿里取出一个纸包儿来，就打开撮出一颗葫芦子，去那地上把土来掘松了，把那颗葫芦子埋在地下。口中念念有词，喷上一口水，喝声："疾！"可霎作怪！只见地下生出一条藤儿来，渐渐地长大，便生枝叶，然后开花，便见花谢，结一个小葫芦儿。一伙人见了，都喝彩道："好！"杜七圣把那葫芦儿摘下来，左手提着葫芦儿，右手拿着刀，道："你先不近道理，收了我孩儿的魂魄，教我接不上头，你也休要在世上活了！"看着葫芦儿，拦腰一刀，剁下半个葫芦儿来。却说那和尚在楼上拿起面来却待要吃，只见那和尚的头从腔子上骨碌碌滚将下来。一楼上吃面的人都吃一惊；小胆的丢了面，跑下楼去了，大胆的立住了脚看。只见那和尚慌忙放下碗和箸，起身去那楼板上摸一摸，摸着了头，双手捉住两只耳朵，掇那头安在腔子上，安得端正，把手去摸一摸。和尚道："我只顾吃面，忘还了他的儿子魂魄。"伸手去揭起碟儿来。这里却好[1]揭得起碟儿,那里杜七圣的孩儿早跳起来。看的人发声喊。杜七圣道:"我从来行这家法术,今日撞着师父了!"

却说面店里吃面的人,沸沸地说出来,有多口的与杜七圣说道:"破了你法的,却是面店楼上一个和尚。"内中有温殿直和冉贵在那里,听得这话,冉贵道:"观察!这和尚莫不便是骗了善王太尉铜钱的么?"温殿直道:"莫教不是。"冉贵道:"见兔不放鹰,岂可空过?"冉贵把那头巾只一掀,招一行做公的,大喊一声,都抢入面店里来。见那和尚正走下楼,众人都去捉那和尚,那和尚用手一指,有分教:鼎沸了东京城,大闹了开封府。恼得做公的看了妖僧捉他不得;惹出一个贪财的后生来,死于非命。正是:

  只因酒色财和气,断送堂堂六尺躯。

毕竟当下捉得和尚么?且听下回分解。

---

[1] 却好:刚好。

第十二回

包龙图下令捉妖僧　李二哥首妖遭跌死

诗曰：
> 为人本分守清贫，非义之财不可亲。
> 飞蛾投火身须丧，蝙蝠遭竿命被坑。

温殿直带着一行做公的抢入面店里，只见和尚下楼来，温殿直便把铁鞭一指，教做公的捉这和尚。那和尚见人来捉，用手一指，可霎作怪！柜上主人，撺掇的小博士，并店里吃面的许多人，都变做和尚；温殿直与做公的也是和尚。若干人你看我，我看你，都呆了。做公的看了，不知捉那个是得。面店里热闹一场，吃面的都自散了。温殿直看那主人家并众人，依旧面貌一般，看那店里不见了和尚。温殿直即时教做公的分头去赶；发报子到各门上去，如有和尚出门，便教捉住。

即时温殿直回府，正值大尹晚衙升厅打断公事。温殿直当厅唱喏，龙图大尹道："我要你捉拿妖僧，事体若何？"温殿直禀覆道："使臣领相公台旨，缉捕弹子和尚。适来大相国寺前见一个行法的，叫做杜七圣，一刀剁下了孩儿的头；对门面店楼上有个和尚，把那孩儿的魂魄来收了，教他接不上头。杜七圣不胜焦躁，就地上种出一个葫芦儿来，把葫芦儿一刀剁下半个，那面店楼上吃面的和尚便滚下头来。和尚去楼板上摸那头来接上了，下面孩儿的头也接上了。使臣见这般作怪，教人去捉。只见那和尚把手一指，店里人都变做和尚，连使臣并手下做公的也变做和尚，教使臣没做道理处。告相公，这等妖人，实难捕捉出赐相公麾下。"龙图大尹道："我乃开封一府之主，似此妖人在国之内，恐生别事，朝廷见罪于我。"即时吩咐该吏写押榜文，各门张挂。一应诸处庵观寺院人等，若有拿获弹子和尚者，官给赏钱一千贯。如有容留来历不明僧人，及窝藏隐匿不首者，邻佑一体连坐。因此京城内外说得沸沸的。

却说东京市心里，有一个卖青果的李二哥，夫妻两口儿在客店里住，方才害病了起来，没本钱做买卖，出来求见相识们，要借三二百文钱做盘缠。当日出去借不得，归来闷闷不已。浑家道："二哥！你今日出去借钱如何？"李二道："好教你得知，今日出去借不得钱。街上人闹哄哄地，经纪人都做不得买卖。说昨日一个和尚，在面店楼上吃面，只见他的头骨碌碌滚落地来，他把手去摸着头，双手捉住耳朵安在腔子上，依旧接好了。做公的见他作怪，一起去捉他，被那和尚用手一指，满店里人都变做了和尚一般模样。如今开封府出一千贯赏钱，要捉这和尚。原来这和尚三五日前曾骗了善王太尉三千贯铜钱，叫做弹子和尚。"浑家道："二哥！真个有这话么？"李二道："我方才看了榜来，为何与你说谎！"浑家道："二哥！我如今和你没饭得吃，若有彩时，捉得这个和尚，请得一千贯钱来把我们做买卖，却不是好？"李二道："胡说！官府得知不是耍处。"浑家道："我包你请得一千贯钱便了。"李二道："你怎地教我请得一千贯钱？"浑家道："二哥！好教你得知，这和尚不在别处，远便十万八千里，近便只在目前。"李二哥道："在那里？"浑家道："在间壁[1]房里。"李二哥道："你见他甚么破绽来？"浑家道："间壁这个和尚，来这里住有三个月了，不曾见他出去抄化，也不曾见他与人看经。每日睡到吃饭前后才起来出去，未到黄昏后吃得醉醺醺地归来。我半月前，因吃了些冷物事，脾胃不好，肚疼了，要去后，怕房里窄狭有臭气，只得去店后面去上

---

[1] 间壁：隔壁。

坑,却打从他房门前过。那时有巳牌时候,只见他房里闪出些灯光来。我道这早晚兀自有灯,望破壁里张一张时,只见那和尚睡在床上,浑身迸出火来。和尚把头抬一抬,离床直顶着屋梁。唬得我不敢东厕上去,便归房里来了。这和尚必然就是妖僧!"李二哥道:"这事实么?"浑家道:"我与你说甚么脱空!"李二哥道:"你且低声,不要走漏了消息!"吩咐了浑家,出门一地里径到使臣房来,却又不敢入去,只在门前走来走去。做公的看见,喝声道:"李二!你有甚事,不住在此走来走去?"李二道:"告上下!男女有件机密事,特来见观察。"做公的应道:"你在门首伺候,待我禀过方可入去。"

适值温殿直正在厅上,做公的禀道:"告观察!卖果子的李二在门外走来走去,我问他,他道有机密事要见观察。"温殿直道:"叫他入来。"做公的出来,引李二到厅下,唱了喏。温殿直见了,不敢惊他,笑吟吟地问道:"李二哥!有甚事来见我?"李二道:"告观察!男女近日因病了,不曾做得道路。早间出来干些闲事,只见张挂榜文,男女也识几个字,见写着出一千贯赏钱捉妖僧。归去和浑家说,浑家道:'隔壁歇的和尚是妖僧。'"温殿直不敢大惊小怪,笑着道:"李二哥!这件事却要仔细,你夫妻两个见他甚么破绽来?"李二把浑家的言语说了一遍。温殿直道:"这事却要实落,你去补一纸首状来。"李二应了出来,央做公的草了稿儿,讨一张纸,亲笔誊了真,入来当厅递了。温殿直道:"如今这和尚在店里么?"李二道:"每日早饭后出外,到黄昏便归。"温殿直道:"你且在这里坐下,待我教人去买些酒来与你吃。"不多时买将酒来,教李二吃了。温殿直叫过做公的来,教李二做眼[1],带一行人离了使臣房,取路来客店左侧一个开茶坊的铺里坐了。教李二走来走去看那和尚。

---

[1] 做眼:做耳目;做眼线;暗中打听消息。

当日未有黄昏时候，只见那和尚吃得醉醺醺地，踉踉跄跄撞将来。李二慌忙入茶坊里见温殿直道："告观察，和尚来了！"却好和尚走到茶坊门前，温殿直指着一行做公的道："捉这妖僧！"众人发声喊，正似皂雕追紫燕，猛虎啖羊羔；一发都上，把那和尚横拖倒拽，把条麻索绑缚了。众人前后簇拥，押着径奔甘泉坊使臣房里来。温殿直道："惭愧！干办得这场公事，且教龙图相公安心。"众人把那和尚捆缚做馄饨儿一般，那和尚醉了不醒，齁齁[1]地睡着。温殿直即时进府，申复大尹道："妖僧已拿下了。本合押赴厅前，因这和尚大醉不省人事，见在使臣房里。禀领相公台旨。"龙图大尹见说，教且牢固看守，待来日早衙解来。温殿直出府到使臣房里看那和尚酒还未醒，吩咐众做公的小心看守。

却说那和尚到半夜酒醒，觉道好不自在，开眼看见灯烛照耀如同白日，两边坐着都是做公的。和尚问道："这是那里？"做公的道："这是使臣房里。"和尚吃惊道："贫僧做甚么罪过，将我来缚在这里？"众做公的情知这和尚是个妖僧，不敢恶他。内中有一个年纪老成的做公的道："和尚！你不要错怪我们，这是我们的职事[2]。我们家中各有老小，不去惹空头祸。因你客店里隔壁卖果子的李二说，你住了三个月，不曾与人看经，又不出去抄化，每日吃得醉醺醺。说你来历不明，因此我们来捉你。"和尚道："我自有官员府院宅里斋我，这也不干他事。"做公的道："和尚！没奈何，等到天明，你自去大尹面前和李二分辩。"将有五更，温殿直教做公的簇拥着和尚入开封府的廊下伺候。

大尹升厅，四司六局立在厅前。只见大尹出来，公座甚是次第；一似水晶灯笼，却如照天蜡烛。皂隶喝："低声！"温殿直押那和尚到厅下，唱了喏。大尹看了李二的首状，看着和尚焦躁道："叵耐你

---

[1] 齁：鼾声。
[2] 职事：职务范围内应守之责。

出家为僧，不守本分，辄[1]敢惑骗人钱财！"教狱卒取面长枷来，把和尚枷了，叫两个有气力的狱卒过来："与我把这和尚先打一百棍，却再审问他！"狱卒唱了喏，将和尚腿上打不得两三棍，众人发声喊，门子喝："低声！"喝他们不住。大尹见枷窟里不见了和尚，却缚着一把扫帚。大尹道："怎有这般妖人，方才捉那和尚枷在这里，却如何是把扫帚？"

正说之间，只听得府衙门处有人发喊，大尹惊问："有甚事？"把门的来报道："告相公！有一僧人在门外拍手大笑道：'好个包龙图，无奈何我贫僧处！'"包大尹听得说，大怒道："这厮敢如此无礼！"即时教人下手去捉："这番捉着妖僧，依例赏钱一千贯。"当时做公的奔出府门，径来捉这妖僧。和尚见人来捉他，连忙走到街市上，不慌不忙，摆着褊衫袖子去了。做公的见了，紧赶他紧走，慢赶他慢走，不赶他不走。做公的赶得没气力了，立住了脚；只争得十数步，只是赶他不着。众人将赶到相国寺前，那和尚在延安桥上，望见众人赶来，和尚连忙走入相国寺山门去了。

温殿直道："这和尚走了死路，好歹被我们捉了。"吩咐一半做公的围住了前后寺门，一半向佛殿两廊分头赶捉。只见本寺长老出来与温殿直相见了，道："告观察！本寺是朝廷香火院，观察为甚事，将着一行人，手执器械来寺中大惊小怪？"温殿直道："我奉大尹相公台旨，赶捉一个妖僧到你寺中，你莫隐藏了，会事[2]的即便缚将出来。"长老道："敝寺有百十众僧，都是有度牒[3]的。但有挂搭僧[4]到寺中，

---

[1] 辄：总是；就。
[2] 会事：明白事理。
[3] 度牒：僧道出家的证据。
[4] 挂搭僧：游方僧人于所到寺院歇住居留。

知客[1]不曾敢留过夜。若是观察赶到寺中,必然认得此僧,何不便捉了,却来这里讨人?"温殿直道:"这妖僧骗了善王太尉三千贯钱,薨恼得一府人不得安迹。若不送出来时,我禀过大尹,教你寺中受累!"唬得长老慌了,道:"告观察!本寺僧都是明白的,不是妖僧。若不信时,都叫出来教观察一一点过。"温殿直道:"最好!"长老即时鸣钟聚集本寺百来僧众,教温殿直点视。温殿直同做公的看时,都叫不是。温殿直道:"长老!我亲自赶入你寺里来,如何便不见了?须是教我们搜一搜一看!"长老道:"贫僧引路,教观察搜便了。"从僧房里到厨下、净头[2]、库堂,都搜不见。转身到佛殿上,见塑着一尊六神佛,三个头一似三座青山,六只臂膊一似六条峻岭,托着六件法宝。温殿直道:"寺内不塑佛像,却缘何塑那吒太子?"长老道:"那吒太子是不动尊王佛,以善恶化人。"温殿直与众人见殿上空荡荡地,只见那吒。一行人正出殿门,只听得佛殿上有人叫道:"温殿直!包大尹教你来捉贫僧,见了贫僧如何不捉?"温殿直与众人回头看时,却是那那吒太子则声。众人看那那吒,泥龛塑就,五彩妆成,约有一丈五尺来高;六只臂膊旱旱地动,三颗头中间这颗头张开口,血泼泼地露出四个獠牙,叫道:"温殿直!你来捉我去!"唬得长老和众人大惊,道:"作怪!作怪?"众人要来捉那吒,却又是泥塑的,如何捉得他去!那那吒又叫道:"怎地不教人来捉我去?"众人商议道:"莫不是泥塑的那吒成了器,出来恼人么?如今去禀复大尹,须把那吒来打坏了,便不出来恼人。"长老道:"观察,这个使不得!妆塑的工本大,将他坏了,日后难得成就。"温殿直道:"今日不祛除了,恐成后患!"众僧中一个有德行的和尚,合掌向佛前道:"龙天三宝,可以护法,逐遣妖僧出来,不则恐妄坏了神像。"祷祝已毕,只听得外面有人拍着手呵呵大笑道:

---

[1] 知客:佛教寺院里专管接待宾客的僧人。
[2] 净头:佛教僧职,管清洁工作。

第十二回　包龙图下令捉妖僧　李二哥首妖遭跌死 ‖ 083

"观察！我在这里，何劳费力？"一行做公的见了，正是和尚。发声喊，都来捉妖僧。只争得十来步远，只是赶不上。那和尚引着一行人，出了相国寺，径奔出大街来，经纪人都做不得买卖，推翻了架子，撞倒了台床，看的人越多了。赶来赶去，直赶出了城。过了接官厅，将到市梢头，那和尚叫道："你众人不要来赶了，我贫僧自归去了罢！"看着汴河里涌身一跳，只听得腾地一声响，和尚撺入水里去了。众做公的道："今番好了！得他自死在水里，也省了许多气力。"那汴河水滴溜溜也似紧的，众人都道："他的尸首不知氽[1]到那里做住！"温殿直只得回去禀复大尹，正值大尹在厅上打断公事，温殿直唱了喏，把捉妖僧的事从头说了一遍。包大尹听了，道："叵耐这厮，恼得我也没奈他何，得他自跳在水里死了也罢！"

说犹未了，只听得阶下有妇人声叫屈，大尹问道："为甚事叫屈？"妇人道："告相公！丈夫李二为因首告[2]妖僧，已经捉获到官，反将我丈夫拘禁。于今妇人也不愿支赏钱，只要放丈夫回家，趁口[3]度日，出赐相公台旨。"大尹道："李二首告得实，合给赏钱与他，如何把他监禁了？"温殿直道："不曾监禁他，朝夕管待他酒饭，留在使臣房里，伺候相公台旨。"大尹教叫他出来，温殿直即时到使臣房里，叫出李二到厅下。大尹道："既出榜文在先，合给赏钱一千贯与他。"当时东京一贯钱值银一两，李二是个穷经纪人，平白得了一千贯钱，非细的好了。李二夫妻两个当厅领了赏钱，谢了大尹，出府门回到店里。

说话的总是一般；没钱便罢休，有了钱便有沈待诏来撺掇，张博士来相帮。李二去相国寺前典了一所屋子，门前开一个大果子铺；夫妻二人，丰衣足食。时遇冬天，当日有晌午前后，生着一炉栗炭火，

[1] 氽（tǔn）：漂，浮。
[2] 首告：告发。
[3] 趁口：糊口；混饭吃。

安排了几杯酒,夫妻两个正向火吃酒之间,只见一个人走入来,叫声:"李二郎!有细果买些个!"夫妻二人却认得是和尚,惊得木呆了。和尚道:"李二郎!你不因贫僧,如何得有今日快活?我特来问你求一斋。"他夫妻两个有一个会事的,就出来拜谢了这和尚,便斋他一斋打甚么紧,终不成他真个要你的斋吃?他来试探你也未见得。或者把几句好言语指断他,教他离了我家便了。李二夫妻却没有这般见识,千不合,万不合,起个念头道:"你这妖僧!说你被做公的赶捉,跳在汴河水里死了,你却因何又来我家引惹是非?你若会事,快快走去,若少迟延,我这里叫一声,当地巡军来捉你去吃官司不要怨我!"和尚道:"若奈何得我时,捉了我多日了。你首我吃官司,我又周全你请了一千贯赏钱,教你夫妻二人快活受用。我来见你,你合当谢我;倒发恶念头,要叫做公的捉我。你这汉子甚不近道理,教你受些疼痛!"用手一指,喝声道:"疾!"只见那李二向的火盆飞起来,望李二脸上只一掀,李二大叫一声,忽然倒地。浑家慌忙来救,扶起来看时,栗炭火烧得脸上都是潦浆泡[1],看那和尚时,不见了。

李二被火烧得疼痛不可当,没钱时也只得自受休了。因有了这几贯钱,便请医人救治。敷上药,越疼得紧。叫了三日三夜,烦恼得浑家没措置处。只见门前一个道人,青巾黄袍,走到柜边,叫声:"抄化!"李二嫂道:"我家没事时,便与你两三个钱打甚么紧,这里人命交加,却没工夫与你。"先生道:"娘子!你家中有甚事!"李二嫂道:"好教先生得知,被一个妖僧把我丈夫泼了一脸火,烧起许多潦浆泡,敷上药越疼。叫了三日三夜,只怕要死。"先生道:"娘子!贫道收得些汤火药,敷上便不疼,疮屬[2]便脱落。屡试屡验,救了许多人。"李二嫂道:"休言便好,只止得疼痛时,自当重重相谢。"先生道:

---

[1] 潦浆泡:火烧或水烫而引起的脓、泡之类。
[2] 屬:疑应作"癜"或"痂"。

第十二回　包龙图下令捉妖僧　李二哥首妖遭跌死

"你去请他出来，就取些水来。"李二嫂入去扶出李二，把碗水递与先生。先生把一个药包儿抖些药放在水里，用鹅毛蘸了敷在疮上，李二喜欢道："好妙药！就似铺冰散雪的便不疼了。"先生道："这个不为奇妙，即时下落疮屬教你无事，你意下如何？"李二道："若得恁地，感谢先生！"先生道："此乃热毒之气，你可出外面风凉处吹着，疮屬即便脱落。"李二依先生口出街上来。先生教李二坐在凳上，先生看着李二道："你叫三声'疮屬落'，这疮屬便落下来。"李二听得好喜欢，尽性命叫了三声，只见那李二坐的凳子望空便起，去那相国寺十丈长的幡竿顶上，不歪不偏，端端正正搁一个住。街上人见了，发起喊来。李二嫂出来看见，吃了一惊，道："苦也！苦也！先生！我丈夫如何得下来？"先生道："不要慌！我教他下来，教你认得我则个。"那先生脱了黄袍，除了青巾，李二嫂仔细看了一看，唬得叫声苦，不知高低；原来却是妖僧。那和尚道："你丈夫不近道理，一心只要害我，却又害我不得。我且教他在幡竿上受些惊恐！"街上人闹闹哄哄都来看，内中有做公的看见道："见今官司明张榜文，堆垛赏钱要捉妖人。这和尚又在这里逞妖作怪，须要带累我们。"做公的与当坊里甲一起来捉这和尚，那和尚望人丛里一躲便不见了。众人道："自不曾见这般蹊跷作怪的事！"那李二紧紧地坐在幡竿顶上，下又下来不得，众人商议救他，又没有这般长的梯子。惊动了满城军民，都道："这和尚却也厉害，这个人如何得下来？"

　　却说当坊巡军，飞也似来报包大尹。包大尹即时坐轿来到相国寺里，下轿，排开交椅，坐在殿前，抬起头来看时，见李二坐在幡竿顶上凳子上，高声叫救人。包大尹寻思没个道理救他下来，教叫他妻子来问他。李二嫂向前拜了，包大尹问道："你丈夫为何缘故得在上头？可对我实说。"李二嫂把和尚投斋泼火的事，道人敷药的话，一一说了。包大尹道："叵耐妖僧恁般无理，若今次捉住，断然不与干休！"说由未了,佛殿上一壁厢走出一个和尚来,到大尹面前唱个喏。包大尹睁着眼问道:"和尚!你有甚事来见我?"和尚道:"贫僧有个道理教李二下来。"包大尹道:"吾师若救得李二下来,当以斋供相谢。"只见这和尚轻轻地溜上幡竿,双手抱着李二,高叫道:"包龙图!你是清正的官,我贫僧不敢来恼你,我自问善王太尉化得三千贯钱,干你甚事,你却要来捉我?我无可报答你,还你一个李二!"从空中把李二直撺下来。众人发声喊,看那李二时,正是:

 身如五鼓啣山月,命似三更油尽灯!

毕竟李二性命如何?且听下回分解。

第十三回

永儿卖泥烛诱王则　圣姑姑教王则谋反

诗曰：

妖邪法术果通灵，赛过仙家智略深。

且看永儿泥蜡烛，黄昏直点到天明。

这李二不合为这一千贯钱首告那和尚，既得了赏钱做资本开个果子店，和尚来投斋，理合将恩报恩，反把言语来恶了他。当日被那和尚从幡竿顶上直撺下来，正在包龙图面前。龙图看时，只见李二头在下，脚在上，把头直撞入腔子里去，呜呼哀哉，伏惟[1]尚飨[2]！李二嫂大哭起来，免不得教人扛抬尸首回去殡殓，不在话下。

却说那和尚在幡竿顶上凳子高处坐着，看的人，人山人海，越多了。许多人喧嚷起来，手下人禁约不住。龙图看了，没个意志捉他。待要使刀斧砍断这幡竿，诸处寺院里幡竿都是木头做的，唯有这相国寺幡竿是铜铸的，不知当初怎地铸得这十丈长的。原来相国寺里有三件胜迹：佛殿前一口井，有三十丈深，头发打成的索子，黑漆吊桶，朱红字写着"大相国寺公用"。忽一日断了索子，没寻吊桶处。以后有人泛海回来，到相国寺说道："我为客在东洋大海船上，只见水面上浮着一个吊桶，水手捞起来看时，朱红字写着'大相国寺公用'。正看之间，风浪大作，几乎覆船。随即许了送还吊桶，风浪即时平息。因此来还吊桶愿心。"方知那口井直通着东洋大海。相国寺门前有条桥，

---

[1] 伏惟：下对上陈述时的表敬之词。
[2] 尚飨：希望死者来享用祭品。亦作尚享。旧时祭文，常用作结语。

叫做延安桥。在桥上看着那座寺如在井里一般，及至佛殿上看着那条桥，比寺基又低十数丈。并这条幡竿是铜铸的，截不得，锯不得。共是三件胜迹。只见那和尚在幡竿顶上将言语调戏着包大尹，包大尹甚是焦躁，没奈何他处。猛然思量得，教去营中唤一百名弓弩手来，听差的即时叫到。包大尹教围了幡竿射上去，那弓弩手内中有射好的，射到和尚身边，和尚将褊衫袖子遮了。包大尹正没做理会处，只见一个道人来参见龙图相公。包大尹见了，问道："先生有何见谕？"道人道："贫道见妖僧恼人，特来献一计捉他。"包大尹道："先生有何道理？"道人道："他是妖僧，可将猪羊二血，马尿，大蒜，蘸在箭头上射去，那妖僧的邪法便使不得了。"说罢，长揖而去。包大尹命取猪羊二血及马尿、大蒜，手下人分头取来，包大尹教将来搅和了，教一百弓弩手蘸在箭头上，一声梆子响，众弩齐发。不射时万事俱休，一百箭齐射上去，只见寺内寺外有一二千人发声喊，见这和尚从虚空里连凳子跌将下来。众人都道："这和尚不死也残疾了。"那佛殿西边却有一个水池，这和尚不偏、不侧、不歪、不斜跌在水池里。众做公的即时拖扯起来，就池子边将一桶猪羊血望和尚光头上便浇，把条索子绑缚了。包大尹便坐轿回府升厅，教押那和尚过来当面[1]。包大尹道："叵耐你这妖僧，敢来帝辇之下使妖术搅害军民，今日被吾捉获，有何理说？"叫取第一等枷过来，将和尚枷了，教押下右军巡院，勘问乡贯、姓氏。恐有余党，须要审究明白，一并拿治。大尹吩咐了，自去歇息。

这和尚满身都是尿血搪住了，使不得妖法，被一行做公的押出府门，到右军巡院里，将大尹的话对推官[2]说了。推官道："我奉大尹台旨，勘问你这妖僧踪迹。你必然有寺院安歇，同行共有几人？却也好，问

---

[1] 当面：上堂见官。
[2] 推官：官名。掌勘问刑狱。

第十三回　永儿卖泥烛诱王则　圣姑姑教王则谋反　089

你不得！"教狱卒拖翻拷打，狱卒把和尚两脚吊在枷稍上，且是阘闼不得，着实打了三百棍子。和尚不则一声，也不叫疼，推官低头仔细看时，只见和尚齁齁地睡着。推官道："却不作怪！"教狱卒且监在狱中，稍停再带出来勘问。一日三次拷打，狱卒打得无气力，这和尚一如无物，只是不则声；若打他时，他便睡着了。推官勘问了十来日，无可奈何，只得来禀龙图道："蒙台旨勘问妖僧，今经数日，每日三次拷打，但打时便睡着了。这般妖僧，实难勘问，若停留狱中，恐有后患。谨取台旨。"包大尹道："似此妖僧，停留则甚？"即时文书下来，将妖僧拟定条法，推出市曹处斩。推官教押那和尚出来，径奔市曹，犯由牌上写道："不合故杀李二，又不合于东京兴妖作怪，扰害军民。依律处斩犯人一名弹子和尚。"京城内外住的人，听得说出妖僧，经纪人不做买卖都来看。只见犯由牌前引，棍棒后随，刽子手押着妖僧，离了右军巡院，看的人挨挤不开。

　　且说一行人押那和尚，看看来到市心里不远，和尚立住了脚。刽子手道："前头去做好人，如何不行？"和尚道："众位在上！贫僧一时不合搅扰大尹，有此果报。告上下！前面酒店里有酒，讨一碗与贫僧吃了弃世[1]也罢！"刽子手没奈何，只得去酒店里讨了一碗酒，把木勺盛了教他吃。和尚将口去木勺内吃了大半，众人拥着了行。将次到法场上，原来和尚噙着一口酒，望空一喷，只见青天白日，风雨不知从何处而来。一阵风起，黑气罩了法场，瓦石从人头上打将来，看的人都走了。不多时风过，黑气散了，狱卒、刽子手并监斩官一行人看那和尚时，迸断了索子不见了，四下里搜寻却没有。上至监斩官，下至狱卒、刽子手都烦恼："走了这和尚，恐怕大尹见罪，我们这一行人都要受苦！"免不得回开封府报知大尹。龙图闻报，即时升厅。

────────

[1] 弃世：死的婉称，即离开人世。

监斩官带着一行人请罪。此时龙图明知道妖人出现，朝廷要动刀兵，不肯教人胡乱吃官事，发放一行人自去。星夜写表申奏朝廷，教就小时还好治理，若日久妖人聚得多时，恐难剿捕。朝廷降下圣旨，遍行诸路乡村巡检，可用心缉访剿捕。

文书行到河北贝州，州衙前悬挂榜文，那个去处甚是热闹。有一个妇人戴着孝，手内提个篮儿，在州衙前走来走去五七遭。这妇人若还生得不好时，也没人跟着看；他不十分打扮，大有颜色。到处有这般闲汉，问道："姐姐！我见你走来走去有五七遭，为着甚事？"妇人道："实不相瞒哥哥说，媳妇因殁[1]了丈夫，无可度日，有一件本事要卖三五百钱，把来做盘缠。"那人又问道："姐姐！你有甚本事得卖？"妇人道："无甚空地，卖不得，若有个空地才好卖。"那人与他赶起了吹的扑的道："这里好，也曾有人在这里打野火儿过。在这里做好。"那妇人盘膝在地上坐了，看的人一来看见这妇人生得好，二来见妇人打野火儿的，便有二三十人围住着，都道："不知他卖甚么？"只见妇人去篮里取出一只碗来，看着一伙人道："众位在上！媳妇不是路岐[2]，也不会卖药打卦，因殁了丈夫，无计奈何，只得自出来赚三二十文钱使。那个哥哥替我将碗去讨碗水来？"有个小厮道："我替你去讨！"不多时，讨将一碗水来。看的人道："不知他卖甚东西，讨水何用？"妇人揭起篮儿，明晃晃拿出一把刀来。看的人道："莫不这妇人会行法？"只见妇人把刀尖去地上掘些土起来，搜得松松地，倾下半碗水在土内，用水和成一块。篮内取几条竹棒儿出来，捏一块泥，把一条竹棒儿捏成一支蜡烛安在地上。又捏一块泥，再把一条竹棒儿捏成一支蜡烛。霎时间做了十来支，都安在地上。看的人相挨相挤，冷笑道："没来由！我们倒吃这妇人家

---

[1] 殁：死。
[2] 路岐：旧时对民间艺人的俗称。

耍了。引了这半日，又没甚花巧；烈烈缺缺的捏这几支泥蜡烛，要他何用！"有的人道："你们且闭嘴！看他必有个道理。"只见妇人将剩的半碗水洗了手，揩干净了，看着一伙人道："媳妇因无了丈夫，无可度日，不敢贪多，只要卖三文钱一支，这里十支，要卖三十文足钱。每一支烛，就上灯前点起，直点到天明。"看的人都笑道："这姐姐把我贝州人取笑！泥做的蜡烛，方才做的兀自未干，如何点得着？分明是取笑人！"没个人来买。妇人见没人来买，又道："你贝州人好不信事，只道媳妇脱空骗你三文钱！那个哥哥替我取些火来？"有一个没安死尸处专一帮闲的沈待诏，替他去茶坊里讨些火种，把与妇人。那妇人去篮儿内取出一片硫黄发烛儿，在火上淬着，去泥蜡烛上从头点着。一伙看的人都喝彩道："好妙剧术！一支湿的泥蜡烛便点得着，又只要得三文钱一支，那里不使了三文钱！"有好事的取三文钱把与妇人，妇人收了钱，拿一支过来，吹灭了递与买的。霎时间十支烛都卖了。妇人抬起身来，收拾了刀和碗入篮内，与众人道个万福，便去了。

　　到明日，妇人又来空地上来，人都簇着了看。妇人道："昨日生受卖得三十文钱，过了一日。今日又来相恼。"众人道："真个作怪！昨日三文钱买了一支泥蜡烛，却好点了一夜。比点灯又明亮，倒省了十文钱油！"妇人在场子上讨些水，掘些泥，又做十支泥蜡烛，众人道："不须点了。"都争着买了去。妇人又卖得三十文钱，自收拾去了。已后逐日来卖，做不落手便有人买去了。每日只卖十支。卖了半个月，闹动了贝州一州人，都说道："有一个妇人在州衙前卖泥蜡烛，且是耐点，又明亮。"

　　当日这妇人正摊场，做得一半，州衙里走出一个人来，众人看时，却是个有请有分的人，姓王名则，见做本衙排军。是日五更入衙画卯[1]，干办完了执事出来，见州衙前一伙人围着了看。王则掂起脚来望一望，见一个着孝的妇人坐在地上。仔细看那妇人时，但见：

　　身穿缟素，腰系孝裙。不施脂粉，自然体态妖娆；懒染铅华[2]，生定天姿秀丽。云鬟半整，有沉鱼落雁之容；星眼含情，有闭月羞花之貌。恰似嫦娥离月殿，浑如织女下瑶池。

王则便问跟随的人道："这妇人在此做甚的？"跟随人道："告都排，这妇人在此卖泥蜡烛。"王则道："我日逐在官府忙，也听得说多日了，道是一个妇人卖泥蜡烛。我那一般当官执事的人说，他曾买来点，且是明亮。我便是要问，怎地唤做泥蜡烛？"跟随人道："说起来且是惊人。那妇人在地上掘起泥来，把水和了，捏在竹棒上，似蜡烛一般，淬着灯便着。从上灯时点起，直点到天明。"王则听了，心里思忖道："却也作怪！我从来好些剧法术，这一件却又惊人。"乃挨身入人丛中，看那妇人都做完了，把水洗了手，道："我这蜡烛卖三文钱一支。"人人都争抢要买，王则道："且住，你们都不要买！"人都认得王则是有请的人，他叫声不要买，人都不敢买。妇人抬起头来，看见王则，便起身来叫声万福，王则还了礼。王则道："你把泥来做蜡烛，如何点得着？"妇人道："都排在上！媳妇在此卖了半个月日了，若点不着时，人却不来问我买。每日做十支，只是没得卖。"王则道："不要耍我。"扯起衣襟，在便袋内取出三十文钱，都买了。妇人将蜡烛递与王则，王则道："且住！买将去点不着时，枉费了钱。不是我不信事，真个不曾见；且点一支教我看看。"妇人道："这个容易，都排教人去讨火种来。"王则教跟随的去讨个火种，递与妇人。妇人炙着发烛儿，将十支泥蜡烛都点与王则看，王则看了喝彩道："好！果然真个惊人！这十支蜡烛我又不要，你们要的都将了去。"

---
[1] 画卯：犹今之"签到"，指衙役等上下班时画个标记作为凭证。
[2] 铅华：女子搽脸的粉。

众人都拿了去。妇人起身收拾了刀碗，安在篮里，向众人道个万福，自去了。

王则打发了跟随人先回，自己信步随着那妇人。王则口里不说，心下思量道："这妇人不是我贝州人，想是在草市[1]里住的，且随到他家，用些钱学得这件法术也好。"只见那妇人出了西门，过了草市，只顾行去。王则道："这妇人既不在草市里，不知在那里住？"又行了十来里，不认得这个去处。王则道：这妇人是个跷蹊作怪的人！我且回去，待明日看那妇人来卖时，问他住处便了。转身却待取路回来，看时，不是来时的旧路。只见漫天峭壁峰峦，高山挡住来路，归去不得，又没人行走。正慌之间，只见那妇人在前头高声叫道："王都排！不容易得你到这里，如何便要回去？"唬得王则战战兢兢，向前道："娘子！你是谁？"妇人道："都排！圣姑姑使我来请你议论大事，你不要疑忌，我和你同去则个。"王则道："却不作怪？"欲要回去，叵耐迷失了路，只得且随他去。同行入松林里，良久转过林子，见一座庄院。王则问道："这里是甚么去处？"妇人道："这里是圣姑姑所在，等都排久矣。"

王则到得庄前，庄里走出两个青衣女童来，叫道："此位是王都排么？"妇人道："便是。"青衣女童道："仙姑等你久矣！"引着王则径到厅下，禀道："王都排请到了！"王则见一个婆婆头戴星冠，身穿鹤氅，坐在厅上。妇人道："此乃仙姑，何不施礼？"王则就厅下参拜了。仙姑教请王则上厅，三位坐定，教点茶来，茶罢，仙姑教女童置酒管待王都排。王则心局志气，甚是欢喜，对仙姑道："王则有缘，今日得遇仙姑，不知仙姑有何见教？"仙姑道："且一面饮酒，与你商议。如今气数到了，你上应天数，合当发迹。河北三十六

---

[1] 草市：城外的集市。

州，有分教你独霸。"王则道："仙姑莫出此言，官中耳目较近，王则是贝州一个军健，岂敢为三十六州之主？"仙姑道："你若无这福分时，我须不着人来请你。只恐你错过了机会，可惜了。更有一事，恐你只身无人相助成事。"指着卖泥蜡烛的妇人道："吾有此女，小字永儿，尚是女身，与你是五百年姻眷；今嫁此女与你为妻，助你成事，你意下如何？"王则心中不胜欢喜，思忖道："我的浑家去年死了，今日仙姑把这美妇人与我，岂不是天缘奇遇。"王则道："感谢仙姑厚意，焉敢推阻。王则数年前遇着一个异人，也曾说道我久后必然发迹，替我背上刺一个'福'字。今日蒙仙姑抬举，果应其言。只是一件，叵耐贝州知州，央及王则取办一应金银彩帛物件，俱不肯还铺行钱钞，害尽诸行百业，那一个不怨恨唾骂。近日本州两营官军，过了三个月，要关支[1]一个月请受[2]，他也不肯。欲待与他争竞，他朝中势力大，和他争竞不得。与王则一般一辈的人，不知吃他苦害了多少。我们要祛除一个虐民官，尚且无力量，如何干得大事？"仙姑笑道："你独自一个，如何行得？必须仗你的浑家，他手下有十万人马相助你，你须反得成。"王则笑道："我闻行军一日，日费千金；暂歇暂停，江湖绝溜。若有这许多军马，须用若干粮食草料。庄院能有多少大，这十万人马安在那里？"仙姑笑道："我这里人马不用粮草，亦不须屯扎。有急用便用，不用便收了。"王则道："恁地时却好！"仙姑道："我且教你看我的人马则个。"仙姑教永儿入去掇出两只小笼儿来，一笼儿是豆，一笼儿是剪的稻草。永儿撮一把豆，撮一把稻草，把来一撒，喝声道："疾！"就变做二百米骑军马在厅前。王则看了，喝彩道："既有这剪草为马，撒豆成兵的本事，何忧大事不成！"

---

[1] 关支：发出。
[2] 请受：俸禄。

正说之间，只听得庄外有人高声叫道："你们在这里好做作！官司见今出榜捕捉妖人，你们却在此剪草为马，撒豆成兵，待要举事谋反！"唬得王则大惊，如分开八片顶阳骨，倾下半桶冰雪来。真所谓机谋未就，怎知窗外人听；计策才施，却早萧墙祸起。正是：

　　会施天上无穷计，难避隔窗人窃听。

毕竟那里来的是谁？且听下回分解。

第十四回

左瘸师散钱米招军　　王则被官司拿下狱

诗曰：

　　人言左道非真术，只恐其中未得传。
　　若是得传心地正，何须方外学神仙。

那王则正在草厅上看军马，说话之间，只听得有人高叫道："你们在此举事谋反么？"王则惊得心慌胆落。抬头看时，只见一个人，生得清奇古怪，头戴铁冠，脚穿草履，身上着皂沿绯袍，面如噀血[1]，目似怪星，骑着一匹大虫，径入庄来。仙姑道："张先生！我与王都排在此议事，你来便来，何须大惊小怪。"先生跳下大虫，喝声："退！"那大虫望门外去了。先生与仙姑施礼，王则向先生唱了喏，先生还了礼，坐定。仙姑道："张先生！这个便是贝州王都排，后五日你们皆为他辅助。"先生对王则道："贫道姓张名鸾，常与仙姑说都排可以独霸一方。贫道几次欲要与都排相见，恐不领诺，不敢拜问。仙姑如何得王都排到此？"仙姑道："我使永儿去贝州衙前用些小术，引得都排到此。方欲议事，却遇你来。"先生道："不知都排几时举事？"仙姑道："只在旦夕。待等军心变动，一时发作，你们都来相助举事。"道由未了，只见庄门外走一个异兽入来。王则看时，却是一个狮子，直至草厅上盘旋哮吼。王则见了又惊又喜，道："此乃天兽，如何凡间也有？必定我有缘得见。"方欲动问仙姑，仙姑喝道："这厮

---

[1] 噀（xùn）血：比喻殷红色。

第十四回　左瘸师散钱米招军　王则被官司拿下狱

既来相助都排，何必作怪，可收了神通！"狮子将头摇一摇，不见了狮子，却是一个人。王则问仙姑道："此人是谁？"仙姑道："这人姓卜名吉。"教卜吉与王则相见，礼毕，就在草厅上坐定。仙姑道："王都排！你见张鸾、卜吉的本事么？"王则道："二人如此奢遮[1]，不怕大事不成。"仙姑道："须更得一人来，教你成事。"王则道："又有何人？"正说之间，只见从空中飞下一只仙鹤来，到草厅上立地了，背上跳下一个人来，张鸾、卜吉和永儿都起身来与那人施礼。王则看那人时，身材不过四尺，戴一顶破头巾，着领粗布衫，行缠碎破，穿一双断耳麻鞋，将些皂带系着腰。王则见了他这般模样，也不动身，心里道："不知是甚人？"仙姑道："王都排！这是吾儿左黜。得他来时，你的大事济矣。如何不起身迎接？"王则听得说，慌忙起身施礼。左黜上草厅来，与仙姑唱个喏，便坐在众人肩下，问仙姑道："告婆婆！王都排的事成也未？"仙姑道："孩儿！论事非早即晚，专待你来，这事便成。"左黜道："今日晚了，且教王都排回去。"吩咐王则道："我明日和张鸾、卜吉入贝州来替你举事。"王则谢了圣姑姑和众人，胡永儿领着王则离了庄院出林子来，指一条路教他回去。王则回头看时，不见了永儿。行不多几步，早到贝州城门头。王则吃了一惊，道："却不作怪！适间行了半日到得仙姑庄上，如今行不得数十步早到了城门头。原来这一行人是异人，都会法术，来扶助我，我必是有分发迹。"

　　王则当晚进城到家，一夜无话。次日是下班的日分，天明起来，吃了一惊，心里道："又是作怪的事！如何家里桌凳都不见了？这一屋米从何而来？"道由未了，只见三个人从外面入来，王明看时，正是左黜和张鸾、卜吉。四个叙礼已毕，王则道："众位先生至此，合当拜茶，奈王则家下乏人，三位肯到间壁酒肆中饮数杯么？"左黜道：

---

[1] 奢遮：出众；了不起；非一般。

"休言数杯,尽醉方休!"王则道:"今日是个下班日分,正好久坐。"四个入酒店楼上靠窗坐定,正饮酒之间,只见楼下官旗成群曳队走过。王则道:"今日不是该操日分,如何两营官军尽数出来?"左黜道:"王都排!你下去问看是何缘故?"

王则下楼来出门前看时,人人都认得王则,齐来唱喏。王则道:"你们众人去那里去来?"管营的道:"都排,知州苦杀我们有请的也!我们役过了三个月日,如今一个月钱米也不肯关与[1]我们。我们今日到仓前,只顾赶打我们回来。"王则道:"若是恁地,却怎地好?"管营的道:"如明日再不肯关支,众人须要反也!"管营的和众人自去,王则上楼来,把管营的说话对左黜说了一遍。左黜起身来道:"你快去赶上管营,教他们回来,请支一个月钱米与他们,教这两营军心都归顺你。"王则道:"先生!那里有这许多钱米?"左黜道:"你只教他们回来,我自有措置。"

王则当时来赶见管营,教他叫住许多人且不要行,都转来与你们一个月钱米。管营听得说,叫转许多人都到王则门首,只见王则家里山也似堆起米来。左黜道:"你们有请的众人,如有气力的,搬一石两石不打紧,只是不要罗唣。"那有请的三三五五来搬,也有驮得一石五斗的,也有驮得两石的。王则道:"这米只有百来石,两营共有六千人,如何支散得遍?"左黜道:"你休管,我包你都教他有米便了。"众人从早饭前后搬起,直搬到晌午时候,何止搬有一万余石,家中尚剩下四五石。管营和若干人都来谢王则。左黜道:"王都排!今日尚早里,你和管营说,教他去营里告报众人,就今日来请一个月钱。"管营见说,不胜欢喜,飞也似去报众人来领钱。王则道:"先生!散了许多米了,如今钱在那里?"左黜道:"我自有。"教张鸾、卜吉入

---

[1] 关与:发放。

里面驮将出来；一千贯做一堆，堆得满屋里都是钱。堆尚未了，只见有请的都在门前，王则教他们入来搬去，搬到晚，恰好两营人都有了。这六千人和老小，那一个不称赞道："好个王都排！谁人肯将自己的钱米任意教人搬去？但有手脚快有气力的，关了三个月钱米安在家里，烦恼甚的！"当日左黜、张鸾、卜吉散完了钱米，别了王则自去，约到明日又来。

王则次日正该上班日分，五更三点入州衙前伺候知州升厅。这个知州姓张名德，满郡人骂道：

绮罗裹定真禽兽，百味珍馐养畜生！

这知州每日不理正事，只是要钱。当日坐在厅上，便唤军健王则。王则在厅下唱喏道："请相公台旨。"知州道："王则！我闻你直恁地豪富，咋日替我散了六千人请受钱米，似此散与他们，何不献来与我？"王则不敢说是他三人变化出来的，只得勉强应诺。方欲动身，只见阶下两个人，身穿紫袄，腰系勒帛，唱个喏，禀道："告相公！仓里不动封锁，不见了一廒[1]米！"那知州吃了一惊，正没理会处，只见管库的出来禀道："告相公！库里不动封锁，不见了一库钱！"知州道："是了！是了！王则！我仓里失去了米，库里失去了钱，你家又没仓库，如何散得六千人钱米？"教狱卒取一面长枷来，当厅把王则枷了，教送下狱去与司理院好生勘问。这张大尹只因把王则下狱，有分教：自己身首异处，连累一家老小死于非命，贝州百姓不得安生。直待朝廷起兵发马，剪除妖孽，克复州郡。正是：

贪污酷吏当刑戮，假手妖人早灭亡。

毕竟知州惹出甚祸事来？且听下回分解。

---

[1] 廒（áo）：贮藏粮食等的仓库。

第十五回

瘸师救王则禁诸人　刘彦威领兵收王则

诗曰：

妄言天子容易做，十个反的败九个。

会施天上无穷法，难免目前灾与祸。

当日知州不胜焦躁，将王则枷了，送司理院如法勘问报来。这勘官姓王名浆，问王则道："说你昨日散了两营请受，你家能有多少大，如何堆放得六千人钱米？今日州里不见了一库钱，仓里不见了一廒米，你如何将了出来？"王则初时抵赖，后来吃拷打不过，只得供称道："昨日是王则下班日期，在家里闲坐，只见那许多有请的从王则门前过，都怨怅道：役了三个月，要关支一个月钱米也不能得。又有三个人不知从何处来。不由王则分辩，借王则屋里散了六千人钱米。那三个人自去了，实不知是甚人。"勘官道："岂有不识姓名的人，你不询问他来历，遂容他在家里散请受？"教狱卒拖翻王则，着力好生夹起再打。王则受不过苦楚，只得供说："一个姓张名鸾，一个姓卜名吉，一个唤做瘸师左黜。"勘官教王则押了招状，依旧监禁狱中。即时复了知州，出榜捉拿那三人，不在话下。

却说两营六千人和老小，都得知王则因借支钱米与我们，知州将他罪过，把他送下狱中受苦。人人都在茶坊酒店里说，没一个不骂知州不近道理。说由未了，只见左黜走来营前，拍手高叫道："营中有请的官人们听者！王都排不合把钱米散与你们众人，被知州禁在狱中，你们可报他的恩，救他则个！"众人道："王都排好意支散钱米与我们，如今知州反把他罪过，禁在狱中。只是我们力量不加，又没一个头脑，如何救得他出来？"左黜道："官人们也说得是，必然要一个为首的。我与你们为首，众官人肯相助也不？"众人看了左黜，口里不说，心下思量道："看他这一些儿大，又瘸着脚，便跳入人的咽喉里也刺不杀人，随他去恐不了事，倒妆幌子。"左黜见众人不则声，问众人道："你们因甚不则声？莫不是欺我身小力微，奈何不得人？我变了教你们看看！"左黜喝声道："疾"！将身显出神通，不见了那四尺来长的瘸师，只见朱红头发，碧绿眼睛，青脸獠牙一个大鬼。唬得众人见了便拜道："我们有眼不识泰山，原来是天神。可知道昨日王都排家里不甚宽大散了六千人钱米！"众人拜罢起来看时，端的只是个瘸师。瘸师道："管营的！你去吩咐众人，教他们在此整顿器械。我如今独自一个去救王都排，坏了贝州知州，你们就来接应。辅助得王都排，教你们丰衣足食，快活下半世！"众人听得说，都应道："我们就来相助！"

左黜离了营前，迤逦径奔入州衙里来。正值知州坐在厅上，左黜入去时，并无一个人看见。左黜走到厅上，高声叫道："大尹！我左黜特来拜见！"厅上厅下众人道："这里正出榜捉他，他却来将头套枷！"知州见他身材短小，不将他为意，乃问道："你便是左黜么？"教左右拿下，取长枷来将左黜枷了，送下狱中，与王则对证钱米来还。狱卒把左黜押下狱来，就勘事厅前拽出王则来。见了左黜，王则道："你为何也来到这里？"左黜道："不是我来，如何救得你出去？"司理院王浆问道："你这汉子从实供说，仓里一廒米，州里一库钱，怎地样摄了去？"左黜道："勘官！连你也不理会得，知州愚蠢，月钱月米俱不肯放支与他们，教两营人切齿怨恨，我替知州散了有何不可？"王浆焦躁，喝令狱卒着力拷打。狱卒提起杖子，拖翻左黜，打得身上寸寸地破了。左黜呵呵大笑，喝声："疾！"把自己身上和王则身上的索子，就如烂葱也似都断了，枷自开了。唬得王浆道："这汉子是个妖人！"忙教狱卒并众人向前来捉，那左黜用手一指，禁住了许多人的脚，一似生根的一般，一步也移不动。左黜和王则直到厅下，知州正在厅上比较[1]钱粮，只见左黜喝道："张大尹！你害尽贝州人，报应只在今日。我今日不为贝州人除害，非大丈夫也！"知州见他两个来得恶，掇身望屏风背后便走。只见后堂内抢出两个人来，却正是张鸾、卜吉，各仗一口刀。卜吉向前揪住知州，张鸾向知州一刀，连肩卸臂，断颡分尸，把知州杀了。唬得厅上厅下的人都麻木了，转动不得。王则道："你众人听我说！你们内中有一大半是被他害的，今日我替你们去了祸胎，教一州人都得快活。你们吃他苦的，随我入衙里来，抢掳些金银，教你们富贵。"众人见说，都来帮助王则。两营有请的却好到州衙前，听得说王则杀了知州，一起抢入来，将知州老小尽数杀净。左黜和张鸾、卜吉带领着一班军人，把知州平素心腹及司理院王浆等官并一行做公的，都搜寻杀了；打开狱门，把罪人都放了；到知州宅里，搬出金银钱宝，绫罗缎匹，在阶下堆积如山。王则道："这许多财物，我分文不要，计算与有请的。若有余剩，散与穷经纪人，教他安心做道路[2]。"王则据住州衙，出榜抚安百姓。令两营军人整齐兵器，顶盔挂甲，分布四门，紧守城池。

如今做一回话儿说过去。那其间老大一场事，当时只走了两个官：一个是通判董元春，一个是提点[3]田京。两个收了印信，弃了老小，奔上东京，奏知朝廷。仁宗天子闻奏，即便传下圣旨，令冀州太守速领本部军马，径望贝州收复王则。这太守姓刘名彦威，乃将门之子，义武双全，接了敕书，即点起本部五千军马，杀奔贝州来。只因此起，有分教：王则自称王位，大闹贝州，做出许多蹊跷奇异的事，屈害了

---

[1] 比较：追究。
[2] 做道路：做沿街叫卖的小生意。
[3] 提点：官名。掌司法、刑狱及河渠等事。

数千人命。正是：

只因半万貔貅[1]骑，惹起妖邪法术人。

毕竟刘彦威胜负如何？且听下回分解。

---

[1] 貔貅：古书上说的一种猛兽。比喻勇猛的军队。

第十六回

王则领众贝州造反　　永儿率兵掳掠郡邑

诗曰：

伪立为王不忖量，将何才德效尧唐。

一朝事败汤浇雪，乱剑分尸自灭亡。

却说贝州报子探听得刘彦威起兵，飞马来报王则，贝州一州人都慌。王则惊得手足无措，急请左黜、张鸾、卜吉商议。左黜道："打听得他那里有多少军马？"王则道："有五千人马，惊得我也怕起来，如何处置？"左黜道："且不要慌！我这里只消三千人马迎敌，看我左黜本事。"当日点了三千人马，犒赏已毕，吩咐来日对阵。

过了一夜，次日整齐军马，出贝州城排个阵势。刘彦威全副披挂，使一条镔铁枪，骑一匹追风马，来到阵前。这三千人见他军容雄壮，都各丧胆亡魂。刘彦威把枪指着道："贝州有会事的，将王则绑缚了来献与朝廷，免你一城人屠戮！"□□□□□不敢则声。左黜穿领破布衫，仗一口剑，将剑尖儿指着刘彦威道："你会事时，领了人马速回冀州，免你残生。若稍迟延，教你一行人都死于我手！"刘彦威道："你这厮是助王则的逆党。看你身上衣甲皆无，敢和我厮杀，我把你前心一枪，后心透出头来！"左黜道："我不与你斗口，教你看我手段则个！"刘彦威在阵前施逞枪法欺敌左黜，被左黜用剑尖一指，门旗开处，冲出一队虎豹来。刘彦威的马见了惊得跳起来，将刘彦威掀翻在地，众军向前急救上马。人马见了异兽，都抛戈弃鼓，各自逃生。王则带领三千人马乘势赶杀，刘彦威大败输亏，折了一半人马，自归冀州，不

第十六回　王则领众贝州造反　永儿率兵掳掠郡邑

在话下。

却说王则赢了一阵，心安胆壮。一州人见王则杀败官军，各各尽心归顺。手下人见瘸师有手段，都放心扶助。王则领贝州人马打附近州县，胡永儿领妖兵掳掠郡邑乡村；招降人马，多得钱粮，变得势力大了。东京卖肉的张琪，卖炊饼的任迁，卖面的吴三郎，打听得胡永儿是王则的浑家，都到贝州投奔王则。王则见人心归顺，乃自立为东平郡王。册封胡永儿为皇后，左黜为军师，弹子和尚为国师，张鸾为丞相，卜吉为大将军，以下众人都挂印封官，其势越大。

却说附近州县，各具告急表文，申奏朝廷。仁宗天子览表大惊，遂问两班文武："贝州反了王则，聚集妖人数多，附近州县皆被掳掠，冀州刘彦威又被杀败，如此失利，朕心甚忧。不知谁人可为大将收伏王则？"只见左丞相吕顺执简出班奏道："臣举一人，乃河东汾州人氏，姓文名彦博，昔曾征讨西夏有功，今弃职闲居，见在西京居住。若招此人为将，必能克复贝州，剪除王则。"仁宗天子问道："卿不举别人，缘何只举文彦博？"吕顺奏道："臣昨日闻报，思想王则如此大逆，无计可擒；夜至三更，忽思'贝'字着一'文'字，是一个'败'字，故只有文彦博可用。臣特坐以待旦面奏，愿以全家保举文彦博为将。"仁宗天子闻奏甚喜，即时降诏，令使命望西京宣召文彦博还朝，使命领敕，星夜到西京，文彦博并本州大小官员出郭迎接圣旨。至州衙里开读罢，各官望阙起身谢恩。文彦博领了诏令，别了家眷，随即赴朝。只□□□□□□来收伏，有分教：一干兴妖作孽之人，死得不如《五代史》李存孝，《汉书》中彭越。正是：

　　鞭梢指处狼烟灭，马蹄到处妖孽亡。

毕竟文彦博领兵胜负如何？且听下回分解。

第十七回

文彦博领兵下贝州　曹招讨血筒破妖法

诗曰：

雄师十万贝州来，妖术军兵命合衰。

天差三遂[1]同收伏，任你英雄化作灰。

却说文彦博自接了敕旨，兼程来到东京，官员都在接官厅伺候，迎接入城。次日早朝，随班见帝。怎见得早朝，但见：

祥云迷凤阁，瑞气罩龙楼。含烟御柳拂旌旗，带露宫花迎剑戟。天香影里，玉簪朱履聚丹墀[2]；仙乐声中，绣袄锦衣扶御驾。珍珠帘卷，黄金殿上现金舆；凤羽扇开，白玉阶前停玉辇。隐隐净鞭[3]三下响，层层文武两班齐。

当日仁宗天子宣文彦博至面前，圣旨道："河北贝州王则造反，今命卿为将领，收伏妖贼，当用人马几何，副将几人？任卿便宜酌处。"文彦博奏道："臣闻王则一党尽是妖人，若人马少，恐不能取胜。臣愿保举一人为副将，请十万人马，可以克敌。"仁宗天子道："军马依卿所奏，但不知卿保何人为副将？"文彦博奏道："臣乞曹伟为副将。"仁宗天子道："这曹伟莫非是下江南第一有功，封王的曹彬的子孙么？"文彦博道："正是曹彬嫡孙。"仁宗闻奏，龙颜大喜，命宣曹伟见驾。

---

[1] 三遂：指诸葛遂、马遂、李遂。
[2] 丹墀：官殿前的红色台阶及台阶上面的空地。
[3] 净鞭：帝王仪仗的一种，鞭形，振之作响，令人肃静。

仁宗当殿封文彦博为统兵招讨使，曹伟为副招讨。拨赐内帑[1]金银钱帛，犒赏三军。二人谢恩出朝，便去各营点兵发马，即日离京上路，渡黄河直抵河北界上，军马就于冀州驻扎。

冀州太守刘彦威迎接二招讨入城，备说王则妖法难敌。文彦博与曹伟商议道："目今要下贝州，不知招讨有何神策，用何计谋可以破贼？"曹招讨道："曹伟系副将，安敢僭越计谋，主帅有命，一听指挥。"文招讨道："不然，招讨乃名将之子孙，曾与先皇建立边功。彦博虽为主将，终是书生，全仗招讨共成土事，不必谦逊踌躇也。"曹招讨应诺道："据曹伟愚意，不若把人马分做三路，作长蛇之阵去攻贝州，若一路有失，两路必相救应。"文招讨道："贝州乃一洼之地，令人打听，他兵不满万，我这里有大兵十万，更得招讨奇谋，破贼如反掌矣。"曹招讨道："曹伟亦探听得，王则等辈虽不能用武施文，尽行妖法。日前刘彦威去收伏时，被王则用了妖法，是以损兵大败而回。伟欲主帅将四万人作中军，以三万人与曹伟作左辅，以三万人与总管王信为右弼，令先锋孙辅各营巡视。今王则兵不满万，只可敌我一路。我军若胜，则三路并取贝州；若有少亏，则两路必来救应。此必胜之策也。"文招讨见说，大喜道："招讨如此用兵，何愁贝州不破！"次日文招讨分三路人马来取贝州，不在话下。

却说王则探听得文彦博领十万人马来取贝州，遂聚集左黜等一班儿妖人计议。弹子和尚道："前日冀州刘彦威领兵来，只一阵杀得他片甲不回。今文彦博虽有大兵十万，吾何惧哉？某请一万人马，当取文彦博之头于麾下。"王则大喜，即选一万人马出战。当日早间，开城门靠城摆列阵势。文招讨将兵分作三路，出于阵前，与王则搭话。王则见文招讨出马，唱个喏道："王则为因张大尹没道理，我杀了他

---

[1] 内帑（tǎng）：国库里的钱财。

替百姓除害，众人推尊我暂领贝州一隅之地，朝廷何必兴兵到此？"文招讨大喝道："汝乃一州之军，敢坏一州之主，又占据贝州，杀伤各路官兵，罪恶弥天。今我大军到此，理合开门投降，辄敢引兵迎敌？"王则拍手笑道："招讨虽有人马十万，如何收伏得我！"文招讨交擂鼓，先锋孙辅挺枪指人马抢城捉王则。王则见鼓响人马抢来，就取所佩之剑在手一指，却早阵门开处，走出弹子和尚、左黜、张鸾、卜吉等辈，在阵前叩齿作法，只见乌风猛雨，雷声闪电，火块乱滚，就兵马队里卷起一阵黄沙来，罩得天昏地暗，黄沙内尽是神头鬼脸之人，引着许多豺狼虎豹前来冲阵。众军只斗得人，如何斗得神鬼猛兽？战马惊得乱撺，把鞍上将都颠将下来。王则见文招讨阵脚乱动，趁势驱人马一掩，文招讨同先锋孙辅大败而走，王则领人马随后追赶。副招讨曹伟，总管王信，见文招讨兵败，各引本部军马前来救应。王则见两路军马齐来，唯恐有失，急下令收军马入城。

　　文招讨将本部军马离城三十里下寨，计点人马，杀伤并自相践踏，死者无数。文、曹二招讨及总管王信，三人共议攻城之策。文招讨道："我与西番戎兵大小也曾战数十阵，不曾见王则这般阵势，可知道各路军马都输与这贼。这贼阵里暗藏着神头鬼脸、雷电火块、猛兽，乱滚将来，惊得战马跳动，乱了阵脚，被贼众乘势赶来，不能抵敌。若非招讨与总管救应，必致多折人马。似此丧败，如之奈何？"曹招讨道："闻得贝州除了王则四五人外，余者俱不会妖邪术法。然这妖邪术法，曹伟有个道理可破，贝州可得，王则可擒。"文招讨听了，欢喜道："敢问招讨，有何妙计可破妖法？"曹招讨道："王则这家法术，和尚家唤做'金刚禅'，道士家唤做'左道术'。若是两家法都会，唤做'二会子'。皆是邪法。只怕的是猪羊二血及马尿，大粪，大蒜；若滴一点在他身上，就变不成神鬼，弄不得邪法。"文招讨大喜，吩咐军士，但交战时,刀枪头上都要蘸血。曹招讨教做三百个唧筒[1],都盛猪羊二血。选三百个身长力大的军人做唧筒手,交战时,若见神鬼、异兽,便唧将去。文招讨犒赏了军士,至次日摆布军马,依先分作三队,离城三里排列阵势。

王则见文招讨兵临城下,对众人道:"昨日被我杀了一阵,兀自不怕,今日又来和我厮杀,这番把文彦博一发[2]捉了,定教他寸草不留!"点起一万人马,出城迎敌。两阵对圆,旗鼓相望,鼓声震地,喊杀连天,弩箭如雨,射住了阵脚。王则手下无甚英雄好汉,厮杀全仗妖法,屡屡取胜,不把文招讨许多军马在意。却说文招讨下令教金鼓齐鸣,先锋孙辅仗长枪去敌上首,曹伟架双刀去敌下首,文招讨指挥中军,三路人马一起杀来。王则见了将剑尖一指,门旗开处,又驱出许多神鬼、异兽出来。文招讨喝开阵门,放出三百个唧筒手,一起射去。只见王则的神鬼、异兽见了秽物猪羊二血,破了那法,望本阵便走。文招讨招人马乘势掩杀将来,王则大败落荒而走,枪刀尽弃,人马踏做肉泥。只因此阵败,有分教:奸邪逆党俱遭刀剑分尸,妖法妇人推出市心斩首。正是:

　　欲将妖法害正人,正人有福神灵护。

毕竟王则败走如何?且听下回分解。

---

[1] 唧筒:一种水力喷射筒。
[2] 一发:索性。

第十八回

左瘸师飞磨打潞公　多目神救潞公献策

诗曰：

瘸师妖法得年深，合败今朝遇血筒。

马遂李遂诸葛遂，三遂平妖万古闻。

却说文招讨喝开阵门，放出三百个唧筒手和弓弩手，一起上看着神头鬼脸、猛兽便射，唧筒血匹脸便唧，只见许多怪物都是纸剪草做的，射死军人不计其数。众军见胜一□□□停军马，被文招讨杀了二停。王则大败输亏，急急引兵入城，拽起吊桥，将城门紧闭不出。文招讨得胜收军，离城不远下寨，虎视着城中，指日可破。将士得功者上了功劳簿，当日十万大军倍增喜气。文招讨传下将令，令五百军上山砍伐木植[1]，做造打城器械。云梯、炮石、天桥、火箭，一二日间俱各齐备。文招讨令傍城剿战，众军士直到城濠边攻打。

却说王则输了这一阵，正是刀添三个口，人减七分威。令军士弓弩上弦，紧守城铺，却不出战。王则在贝州厅上教请左黜、张鸾、卜吉、弹子和尚、任迁、张琪、吴三郎，一班妖人团团坐下。王则道："诸位在此，今文彦博识破我法，折了许多军士，我今不敢出城交兵，他又直来城下搦战，如何是好？"说由未了，只见探事人来报道："文招讨令军士做造云梯、炮石、天桥、适前[2]逼近城下，见在打城！"王则慌道："若如此紧急，这一城老小如之奈何？"只见左瘸师起身

---

[1] 木植：木材。

[2] 适前：应为"火箭"二字。

第十八回　左瘸师飞磨打潞公　多目神救潞公献策 ‖ 111

向王则道："大王何必忧虑，我左黜能千变万化，也不消得厮杀，只教文招讨在城外死于非命，他十万军马没了主将，不战而自散，好么？"王则道："贤卿有甚妙术，安排得他死，散得他十万人马，解我贝州之围？"左黜道："容易！"遂吩咐手下人，去磨坊里取一块大磨盘来。不多时，只见十来个人扛一块大磨盘来到厅下。左黜下厅来，将银朱笔书一道符在磨盘上，披发跣足[1]，右手仗一口剑，左手持一钵盂水，口中念念有词，噙一口水，看着磨盘上只一喷，喝声道："疾！"只见磨盘漾漾的望空便起，径望城外飞将去。王则和众人见了，无不喝彩。

却说文招讨，正升帐请副招讨曹伟、总管王信、先锋孙辅，到帐中议论攻城之策，只见空中飞下一个磨盘来望着文招讨顶门上便落。一声响，震天动地，众人惊得面如土色，只道打死了文招讨。却说文招讨正坐在交椅上，蓦被一人拦腰抱过一边，离交椅有五七步路。那磨盘下来，打不着文招讨，却把交椅打做粉碎，地上打一二尺一个深凹。众将见文招讨无事，俱各大喜。文招讨吃那一惊不小，别取交椅坐定。问道："适来抱我者是何人？"说由未了，只见一个人来到面前唱喏。其人生得身材长大，面貌丑恶。众人看时，都不认得；又不是亲随人，又不是帐前士卒。文招讨问道："你是何人来救我一命？乞道其详，自当重报！"那个人道："我不是军中人。今贝州王则使妖法将磨盘来压死你，我特来救你之命，报你向日一饭之恩。"文招讨见说，大喜道："感谢你来救我，不知我文彦博施恩在于何处？愿求姓名！"那人道："口说恐招讨失忘了，可借银盆笔砚来。"手下人取银盆笔砚排列桌上，那人道："乞退左右。"文招讨喝退了左右，那人提起笔来写罢，将银盆覆在地上，大跨步走出帐外去了。文招讨即时使人去赶时，便不见了。文招讨道："却又作怪！"教人揭起银盆

―――――――――――――
[1] 跣足：赤脚。

来看时，中间写着"多目神"三个大字，众人皆不晓其意。文招讨沉吟了半晌，方才想得起来，对众将道："文彦博未及第时，曾于一馆驿中宿歇，驿吏告道：'此处有鬼魅，在此房宿者，常多损人。'比时文彦博不信此言，乃明点灯烛，置酒驿房独酌。夜至三更，忽然起一阵狂风，风过处见一人披发至案前，低头叉手，呼我为相，觅我酒食。文彦博问道：'你是何人？如何不见面貌？'他道：'我生得面貌丑恶，凡人见者皆被惊死，故不敢以面貌相见。'文彦博不信其说，其人分开头发，只见青脸上霍霍眨眨有十二只眼。文彦博见了亦惊骇，遂与他酒饭，其人吃罢，便道：'公相异日有大难，我必来相救！'言罢，隐然而去。今想道，适来救我者，必多目神也。"众人见说，皆去看银盆时，只见边旁又有七个小字道："逢三遂，可破贝州。"文招讨仔细看了，大喜道："不想多目神救了我性命，又教我破王则之策。但不知何谓'三遂'，甚不晓其意，诸位可想其意么？"众人都道："不解其意。"各归本寨细想，不在话下。

却说贝州王则等一班妖人，升厅置酒与左瘸师作贺，一面差人打听阵上动静来报。只见探事的来报道："文招讨军容严肃，队伍整齐，依然无事。"王则与众人说道："若那边没了主将，便不整齐，无心恋战。今文彦博阵上没一些动静，不知磨盘曾害得他也不？"左黜道："我行这家法术，百发百中，没人解得，必然压死了。"王则道："若是要知虚实，可教人去下战书，便知端的。"众人道："大王见得是。"即时写下战书，差一个得当[1]的军士，直至文招讨帐前去下。文招讨见说是下战书的，教唤至帐下。左右接了书安在桌上，文招讨展开看了，便解王则之意，思忖道："他只道使妖法把磨盘压死了我，谁知我安然无事，见我这里没些动静，故以下战书为由，来看虚实。"当

---

[1] 得当：恰当，合适。

第十八回　左瘸师飞磨打潞公　多目神救潞公献策

时文招讨当面批回："来日交战。"与下书人回来。王则看了批回，问下书人道："你曾到文招讨帐下么？"下书人道："告大王！文招讨并无疑忌，直唤小人到帐下，亲自写了批回，打发小人回来。"王则听说文招讨无事，心下忧慌，连夜请左黜等一班妖人商议对敌之策。左黜道："磨盘既压他不死……"与王则附耳低言道："来日交战，必须恁地，恁地。"当日计议已定，次日天晓，王则整点一万人马，开城门放下吊桥，排成阵势，良久，两阵对圆。文招讨依旧带了唧筒手并猪羊二血，使人高叫王则打话[1]。王则不出阵前，只在阵里，披发跣足，不穿衣甲，裸形仗一口剑，牵着一匹白马。左瘸师叩齿作法，脚下步魁罡[2]，口中念念有词，喝声道："疾！"把剑尖刺着白马的头，刺出血来，噙口血水，出到阵前一喷。不喷时天青日朗，喷了时只见乌风猛雨，霹雳交加，飞沙走石。那阵风吹得黑魆魆地，对面不相见，伸手不见掌，惊得军士枪刀尽弃，各自逃生。只因如此，有分教：东京宰相翻为失路之人，正直文公偶遇平妖之客。正是：

　　有缘千里能相会，无缘对面不相逢。

毕竟文招讨性命如何？且听下回分解。

---

[1] 打话：答话；对话。
[2] 魁罡：星名，指斗魁与天罡。

第十九回

文彦博偶遇诸葛遂　李鱼羹献计擒王则

诗曰：

立功献策与图谋，要将妖贼尽平收。

皇王洪福千千岁，奸贪邪佞一起休。

且说文招讨若没有丞相福分之时，几乎丧了性命。霎时被风吹沙石乱打，落阵逃走，回头看时，并没一个人跟随，独自骑着匹马，好生慌张愁闷。正似：

凤落荒坡，尽脱浑身羽翼；龙居浅水，失却颔下明珠。蜀王春恨啼红[1]，宋玉悲秋[2]怨绿。吕虔亡所佩之刀[3]，雷焕失丰城之剑[4]。好似蛟龙缺云雨，犹如舟楫少波涛。

当日文招讨正行之间，只见前面是山林树木，不知是那里去处。勒马转过山嘴，见一条幡竿，又听得钟声响，看时是一座寺院。文招讨道："到此无奈，只得到寺里寻人问条归寨的路，又作区处。"来到寺前，下马入寺里来，见一个行者，文招讨对行者道要见长老。行者

---

[1]蜀王春恨啼红：传说古蜀国国王杜宇，号望帝，后失国死去，其魂化为杜鹃鸟，日夜悲啼，泪尽继以血。

[2]宋玉悲秋：宋玉，战国时楚国辞赋家，他在《九辩》中用萧条的秋景来比喻自己不得志的愁苦心情。

[3]吕虔亡所佩之刀：吕虔有宝刀一口，有人对他说，能登三公者，才可佩带此刀，吕虔便把刀送了王祥。

[4]雷焕失丰城之剑：雷焕，晋人，在做丰城县令时，找到"龙泉""太阿"两口剑。"龙泉"送与张华，"太阿"自佩。据说雷焕卒后二剑入水化龙而去。

第十九回　文彦博偶遇诸葛遂　李鱼羹献计擒王则

入方丈报与长老,长老出来,见文招讨戎衣甲马,不是以下将士打扮,必然是个主将。慌忙向前问讯,教行者牵了马,请入方丈坐定。长老情知道饥渴了,忙吩咐厨下办斋,先教讨茶来吃。茶罢,长老问道:"将军高姓,因何到此?"文招讨道:"下官姓文名彦博。"长老道:"莫非便是征西夏有功的文招讨么?"文招讨道:"然也。"长老道:"闻名久矣,今日山门多幸,得招讨到此。如何无随从之人?"文招讨道:"贝州王则谋反,朝廷起十万人马,命下官为将,收伏此贼。今早与贼对阵,不意大败,逃难至此。"长老见说,大惊道:"以招讨为将,又有十万大兵,贝州乃一洼之地,能有多少人马,如何却输与他?"文招讨道:"若论战,敌必不能取胜于我。今贝州王则一班贼党,皆会妖法。但交战之时,他阵内便放出神头鬼脸、猛兽怪物来,军马见了,俱各惊走。副招讨曹伟献计,用猪羊二血、马尿、大蒜唧筒,赢得他一阵,贼兵数日不敢出城。日前下官升帐,与诸将议攻城之策,不期妖人使邪法,将磨盘从空压将下来,幸得多目神救了性命。早间与贼兵见阵,不提防王则阵里起一阵恶风,雷声闪电,霹雳交加,飞沙走石,打得阵势散乱,下官独自迷路至此,望乞吾师指引归路,到寨却当重谢。"长老听说罢,离坐拍手大怒道:"当今乃尧舜之世,君圣臣贤。此一等妖人辄敢恼乱朝廷,请招讨免忧,看贫僧与招讨出力,破其邪法,扫除逆党。"文招讨闻言,大喜道:"不敢拜问吾师高姓?"长老道:"贫僧复姓诸葛,名遂智。"文招讨听罢,欢喜道:"多目神曾写七个字道:'逢三遂,可破贝州。'众人晓夜参详,全然不解其意。今日天教遇着吾师,若吾师肯去,破得贝州,下官奏过朝廷,官赏功劳不小。"长老道:"贫僧是空门中人,岂贪富贵爵赏。但今清平世界,不可容此妖人,贫僧当效犬马微劳,助招讨荡平妖逆。今晚请招讨寺中权宿一宵,明早五更同去大寨。"文招讨卸了衣甲,吃了晚斋,和长老讲论了半夜。睡到五更起来,洗漱罢,吃些饭食,长老教行者,寺中有马牵出来,和文招讨上了马，带三个行者，明点火把，离寺迤逦来到寨前。众将与军士见了文招讨，不胜欢喜，迎接至中军。曹招讨等都来动问道："主帅一夜不回，众将皆忧慌无措，不知落阵走到那里，缘何同这个和尚回来？"文招讨道："昨日被王则使邪法，一阵恶风吹得我迷踪失路，到一寺中，偶遇此圣僧，说能破邪法。我想正应多目神之言。"乃去曹招讨耳边低低说道："这个和尚叫做诸葛遂智。"曹招讨大喜，屏退左右，问和尚道："吾师有何神术，能破妖邪？"长老道："贫僧曾遇异人传授五雷天心正法，凡遇金刚禅、左道一应邪术，贫僧见了，念动真言，即能反邪从正。招讨如不信，来日对阵便见分晓。"当日文招讨留和尚与行者在中军，即修战书一封，教军士去贝州投下，约在来日交战。王则见了，批回战书，打发军士自回。乃对众妖人商议道："前日一阵，被我杀得大败而走，今日尚敢又来勒战，必须再用前日之法，直杀到界分[1]，教他十万人马不留一个！"话休烦絮，两边各自整点人马，只等来日厮杀。

次日，王则领军马出贝州城，排一个阵势，两阵对冲，旗鼓相望。门旗影里，又见王则披发跣足仗剑，牵着白马在前，口中念念有词，把剑尖刺着白马，嚼口血水，只一喷，只见王则阵上恶风急起，沙石雨雹，看看来到文招讨阵前。诸葛遂智在军中见了，摇动铃杵[2]，口念真言，把铃杵一指，可霎作怪！那阵恶风沙石雨雹。转风望王则阵里打将入来！王则见风势不好，慌忙招军马急急转身，文招讨鞭稍一指，大小三军一起掩杀过去，王则人亡马倒，折其大半，赶落城濠死者不计其数。王则急急收拾些少败残人马，奔入贝州，拽起吊桥，关上城门，紧守不出。

却说文招讨三军杀到城下，割人头耳鼻，夺金鼓旗幡，文招讨令

---

[1] 界分：分界处；地界。
[2] 铃杵：一种有柄的铃。

第十九回　文彦博偶遇诸葛遂　李鱼羹献计擒王则

鸣金收军，离贝州城下不远下寨。文招讨请诸葛遂智上坐，躬身谢道："这一阵皆吾师之力也。若如此，贼兵指日可破。"诸葛遂智道："贫僧以正破邪。若是有贫僧在阵中，何惧王则一行妖法之人！"文招讨闻言甚喜，道："王则今日输了一阵，越守得城子紧了。"传下将令，教军士并力攻城。只见贝州乌云黑雾罩了城子，虚空中现出神头鬼脸、毒蛇猛兽，军士都打不得城，反伤了许多人马，打了两三日，只是打不下。文招讨教十万人马围了贝州城，擂鼓发喊，王则只不出来。文招讨只得教军士离了贝州城下寨，依先提铃喝号，递箭传更，与曹招讨计议道："彦博同招讨领这十万人马，一日费了朝廷许多钱粮，到此将及有两个月日破不得贝州，如何是好？"曹招讨道："主帅且请宽心，容曹伟再思良策。"当日曹招讨别了，自归本营。文招讨在帐中忧虑，不觉天色夜深。但见：

　　银河耿耿，玉漏迢迢。穿营斜月映寒光，透帐凉风吹夜气。雁声嘹亮，孤眠才子梦魂惊；蛩韵[1]凄凉，独宿佳人情绪苦。军中战鼓，一更未尽一更敲；远处寒砧，千捣将残千捣起。画檐间丁当铁马，敲碎士女情怀；旗幡上闪烁青灯，偏照征人长叹。妖邪贼侣心如蝎，忠义英雄气似虹。

当夜文招讨在帐中翻来覆去睡不着，至三更前后，听寨外时静悄悄地。文招讨起来，离了寨房听时，正打三更，见一个军士打着梆子来交更，口里低低唱只曲儿，把那梆子打着板。文招讨听得，便回帐房睡了。

到了次日天明，众将士都到帐下声喏，文招讨升帐，众将官来唱喏了，摆立两边。文招讨发放军事已毕，叫左右唤昨夜打三更的军士来，不多时左右挨问叫到。文招讨问道："你便是昨夜打三更唱曲儿

---

[1] 蛩（qióng）韵：蛩，蟋蟀。蛩韵，蟋蟀的鸣叫声。

的么？"军士道："告招讨，小人恐怕打磕睡误了更次，把这曲儿来唱，便不打磕睡。"文招讨道："胡说！乱我军法，即当斩首！"叫刀斧手："推出斩讫报来！"那军士道："告招讨！饶小人之罪，小人能斩王则首级，献与招讨。"文招讨教且押他过来，问道："你这厮乱道！我领了十万大军，在此两个月破不得贝州，你独自一个，却如何斩得王则首级？"那军士道："王则与小人同乡，自幼结为兄弟。"文招讨问道："你姓甚名谁？"那军士道："小人姓马名遂。"文招讨听了，暗喜道："想其人必应多目神之言。这汉子去，必能了事。"文招讨道："你有何计策能斩王则？"马遂直走到文招讨身边，附耳低言说道："小人去如此，如此，必斩王则。"文招讨听罢大怒，喝教："左右拿下！叵耐这厮，我奉朝廷命领十万大军为招讨使，尚且无计克复贝州，你是何等人，辄敢多言乱我军法！不斩你首，难以伏众！"刀斧手把马遂捉下，众将官都跪下告道："马遂罪合当诛，但于军不利，望招讨宽恕，权且寄罪[1]。待破了王则，问罪未迟。"文招讨忿气不息，众将官苦苦哀告。文招讨道："若不看众将面皮，决斩你首。既犯吾令，难以全免！"令左右杖一百，以正其罪。左右拖翻马遂，打了五十棍，众将官又告饶，文招讨起身道："且寄下五十！"恨声不绝，怒入帐中。众将官各自归寨。马遂在寨里道："我直恁地晦气！不合唱了个曲儿，恶了文招讨，要斩我，又得众将官讨饶，只打得五十棍！"对众人叹了一口气。当夜马遂悄悄地出帐，径到贝州城下，隔着城河高声叫道："城上人！我有机密大事来报你主将，可开城门放我入城！"那守城军听说，禀了守门官，开城门用小船过河来，渡马遂上岸，少不得细细搜检，并无夹带寸铁。众军人见有棒疮，也不缚他，看守到天明，押来见王则。

王则认得马遂是同乡兄弟，便道："多时不见你，原来你在文彦

---

[1] 寄罪：指犯过错后当时不罚，待过一段时间再处罚。

第十九回　文彦博偶遇诸葛遂　李鱼羹献计擒王则 ‖ 119

博军中，今日有何事却来见我？"马遂道："告大王！马遂不才，失身在军伍之中，不敢来见大王。因前日夜间该马遂巡三更，恐怕打磕睡，不合唱个曲儿，文招讨道我搅乱军心，要斩我，幸得众将官告饶，打了五十脊杖[1]。今日特来投顺大王，望大王收留在帐下做一走卒，当以犬马相报！"就脱下衣裳来与王则看。王则看了，好不忍见，便教马遂穿了衣裳，请上厅来坐定。马遂道："大王是三十六州之主，小人得蒙大王收留，执鞭坠镫足矣，安敢预坐！"王则道："我与你是同乡人，又是从小兄弟，与别人不同。"马遂只得坐了。王则教安排酒来，一面请马遂吃酒，一面问文招讨军中虚实。马遂道："文招讨只有五万人马，诈称十万。前日又输了几阵，折了一万多人马，如今不上四万实数。昨日计点粮看，听得说只可关支十日。今大王用心守把，不过十余日，文招讨之军不战而自退矣。"王则听马遂说了，十分欢喜，就留他在州衙里宿歇。又唤医人医治，逐日好酒好食管待他。看看马遂将息得棒疮好了，王则并不疑他是行苦肉计的。马遂要杀王则，又下不得手。

　　文招讨见马遂去了许多时没些动静，传下令来，教军士近城擂鼓发喊勒战。王则带领一班妖人，连马遂都上城来，王则靠着悬空扳，按住木栏干，看那城下军士搬打城的器械，近城来打城。这里瘸师等一班妖人叩齿作法，王则也念咒语，就现出许多神头鬼脸、毒蛇猛兽，惊得那打城的军士倒退了，不敢近城。马遂立在王则身边，思量道："这里不下手，更等何时？"看他身边，左右都执着刀斧器械，摆立两旁。马遂心内欲夺刀来杀王则，又怕不了事，乃捏得拳头没缝。王则正念咒语，被马遂一拳打中嘴上，打落当门两个牙齿来，绽[2]了嘴唇，跌倒在城楼上。马遂就夺左右的刀来砍，却被王则身边一个心腹贼将唤

[1] 脊杖：在犯人脊背上施的杖刑。
[2] 绽：裂开。

做石庆,腰里拔出刀来,手起刀落,把马遂剁落一只胳膊来。众人一起向前,捉了马遂,救起王则。王则大怒,教左右斩讫报来。马遂大骂道:"我为无刀在手,不能斩贼之头与万民除害,我死必为厉鬼杀你矣!"众人推马遂去斩了,不在话下。

却说王则被马遂打绽了嘴唇,声也则不得,酒食也吃不得。众人皆忧,又恐官军打城,俱各面面相觑,一面教医人调治。王则疼得烦闷,无可消遣,平日最喜欢一个扮副净的乐人,叫做李鱼羹,王则教唤他来解闷。当日李鱼羹来到王则面前,闭着口只不则声。王则问道:"李鱼羹!你为何不则声,心下有甚烦恼?"李鱼羹道:"大王尚且烦恼,小人怎地不烦恼?小人与大王都是做私的,今日在城上,看看城外又添了许多军马,并力攻打城池,双日不着单日着,终久被他捉了。"王则道:"叵耐这厮不伏事我,反把言语来伤触我!"喝教左右拿下,手下人把李鱼羹捉了。王则教把他缚了手脚,吊在炮稍上,就城上打出去,跌做骨酱肉泥。众人缚了李鱼羹,吊在炮稍上,拽动炮架,一声炮响,把李鱼羹打出城外。可煞作怪,恰好打落在城濠边河里。

文招讨在寨中见城上炮打出一个人来,即时教军士去看,众军士将挠钩搭上岸来,还是活的。随即解了索子,押到帐下。文招讨问道:"你这汉子是甚么样人?姓甚名谁?为甚事打出城来?"李鱼羹道:"告招讨!小人是贝州乐人,名唤做李鱼羹。一时不合劝谏王则归顺招讨,王则大怒,把小人做炮稍打出城来,要跌小人做骨酱肉泥,天幸不死,得见招讨。"文招讨道:"你是个乐人,如何得劝谏王则?"李鱼羹道:"王则被一个马遂一拳打落了当门两个牙齿,绽了嘴唇,念不得咒语,行不得妖法,叫小人解闷。小人乘着躁头,劝他归顺;不然时,旦夕之间必被招讨捉了。岂知此贼不醒,反怪小人。"文招讨见说,喜不自胜,道:"你虽然是个乐人,却识进退。"教左右赏他酒饭。李鱼羹吃了酒饭,文招讨又问道:"你既是个乐人,必然在贝州久了,定知城内虚

第十九回　文彦博偶遇诸葛遂　李鱼羹献计擒王则

实。"李鱼羹道:"告招讨!贼首王则被打绽了嘴唇,念不得咒语,已无用了。有一个军师最厉害,跛着一只脚,唤做左黜。又有一个国师,唤做弹子和尚。又有一个张鸾,一个卜吉。又有三个,叫做张琪、任迁、吴三郎。还有王则的浑家胡永儿,极会使妖法。王则全靠这一班妖人,手下军人虽有万数,尽是乌合之众,不足为道。"文招讨又问:"城中有多少百姓?坊巷、河道、衙门怎地模样?"李鱼羹一一都说了。文招讨道:"天使此人泄露虚实,王则可斩矣!"文招讨正说之间,只见帐下走出一员将官来,道:"告招讨!小将能生擒王则来见招讨。"文招讨见这个人出来甚喜,道:"正应多目神之言,'逢三遂,可破贝州'。"原来这个将官姓李名遂;先前诸葛遂智曾破法,杀了一阵;次后马遂打绽了嘴唇,念不得咒语,行不得妖法;今又逢李遂,却好三遂;因此文招讨喜欢。文招讨问李遂道:"你有何计策可擒王则?"李遂道:"小将手下见管着五百名窟子军;今得李鱼羹说破城里虚实,地里坊巷一应去处图画阔狭,容小将再一一仔细问他端的;对图本度量地面远近相同,只须带五百名窟子手,在城北打一个地洞,直入贝州城内,到王则帐前捉了一行妖人,然后开城门放大军入城,有何不可?"文招讨大喜,赏李鱼羹、李遂各人衣服一套,就刲补李鱼羹为帐前虞侯。教李鱼羹细说城内衙门地面坊巷虚实,即令浮寨官相度画了个图本,把与李遂。李遂看了,计算远近虚实,阔狭方向,禀复文招讨道:"这事须密切,亦不是一时一霎之事。望招讨整顿军旅,时刻打通。就好接应。就要带李鱼羹去做眼。"文招讨道:"你可仔细用心,如拿得王则,克复贝州,奏闻朝廷,你的功劳不小。"随唤五百窟子军,都赏赐发放了。李遂正要起身,只见诸葛遂智向前道:"告招讨!李将军虽打得地洞入城,恐不能擒捉王则。"文招讨道:"吾师何以知之?"诸葛遂智道:"那贝州城中,王则左右一班俱是妖人。若李将军打地洞入去,他那里知觉了,行起妖法,非但不能擒捉王则,李将军反为他所害。"

文招讨道："若如此，何时能灭此贼？"诸葛遂智道："不必招讨忧心，贫僧当同去，以正破邪，教他使不得妖法，尽皆擒捉便了。"文招讨见说，大喜道："若吾师肯去，大事济矣！"诸葛遂智教备下猪羊二血、马尿、大蒜之类，随身即同李遂出帐来。

却说李遂带同李鱼羹看了图本，到城北计算了地里，和诸葛遂智指挥窟子手，穿地洞打入贝州来。打到一个去处，李遂约摸是州衙左侧，教窟子手从这里打出去。窟子手打通了，问李鱼羹道："这是那里？"李鱼羹看时，正是王□□□□[1]。此时有四更时分，李鱼羹前面引路，李遂和众人发一声喊，径奔入王则卧房里来。却说王则日间自思量道："我这里有左师、弹子和尚、张鸾、卜吉等一班儿扶助着，文招讨虽有十万人马围在城外，看他怎地入得城来奈何得我！"不以为事。夜间蓦听得堂里喊杀连天，惊得魂不附体。只因众人奔入房里来捉，有分教：从前作过事，没兴一起来。正是：

饶君走到焰摩天，脚下腾云须赶上。

毕竟王则、胡永儿性命如何？且听下回分解。

---

[1] □□□□：所空四字疑是"则堂门前"。

第二十回 [1]

贝州城碎剐众妖人　文招讨平妖转东京

诗曰：

神器从来不可干，僭王称帝讵[2]能安？

潞公当日擒王则，留与妖邪做样看。

当夜李遂和李鱼羹引着一行人众杀到王则卧房门前，王则听得有人杀来，慌对胡永儿道："姐姐！你苦了我也！"王则急要念咒语，却被马遂打绽了嘴唇，落了当门两个牙齿，要念念不得。胡永儿也心慌，一时念不迭隐身法，每人只扯得一件小衣服穿了，李遂与众人一起上把两条麻索就床上绑缚了。早被诸葛遂智先念了禁法，一行男女的咒都念不得了。众军士又把猪羊二血、马尿、大蒜看着王则和胡永儿劈头便浇。李遂使群刀手簇拥着王则、胡永儿，大军一半都从地洞入城来。众军将各自去杀守城军士，大开了贝州城门，放下吊桥，文招讨即时入城，到州衙里厅上坐定。李遂解王则、胡永儿到面前，文招讨教牢固看守监候。一面分头捕捉□□妖人，使李鱼羹做眼。李鱼羹都知道这几个下落，霎时间都被擒拿绑缚了。这几个尽是了得有法术的妖人，因何此际一筹不展，都吃[3]捉了？原来诸葛遂智

---

[1] 此回仅存回首的文字（包括回次、回目、回首诗）四行，正文三页（两个整页，两个半页），插图一页（由两个半页合成），共四页又四行。原书板片残损，字迹残失较甚。今仅据冯补本（得月楼本，清刻八卷本）第四十回校读，由整理者张荣起先生暂为写定。

[2] 讵：岂。

[3] 吃：被。

以正破邪,以□□□□□的,都用猪羊二血、马尿、大蒜劈头浇了,□□□□□□□动不得。

内中只不见了瘸师左黜,却待各处□□,只见一个军士飞也似来报总管王信,道:"告将军!瘸师被众军赶入一家碓坊里去了!"王信见说,即时带了军士径奔入碓坊人家,教军士把前后门围了,亲自入去搜捉。这个人家吃了一惊,问道:"我家有甚么事,如此大惊小怪?"众军道:"有妖人左黜走入你家,会事时放他出来,免得连累!"这主人家道:"告将军!即不曾有人入来躲在我家。"王信教军士屋里细细搜捉不见,只见诸葛遂智来道:"等我入去看一看,便知他在也不在。"诸葛遂智入碓房周围看了,道:"可知你们没寻左黜处,他却变做一物在这里了!"王信道:"却也作怪!"诸葛遂智叫其人家问道:"这个碓嘴是你家物也不是?"主人家看了,道:"我家不曾有这个闲碓嘴。"诸葛遂智道:"左黜虽会变幻,难逃我诸葛之手!"教左右取索来,叫军士扛去州衙里去。王信笑道:"这碓嘴扛他去做甚?"诸葛遂智道:"这个碓嘴正是左黜。他就是千变万化也瞒贫僧不过!"教将猪羊二血、马尿、大蒜看着石碓嘴上便浇。不浇时是个石碓嘴,方才浇下时。(原书以下残失一页,计三百六十字。)

……适被其煽惑,落于机阱之中,实不干众百姓之事。□必欲洗荡,不唯罪及无辜,抑且有伤天地好生之仁。须求招讨方便,再为奏请,救此一方愚民。"文招讨听曹招讨之言,即将百姓无辜,被妖人煽惑之情,写表再奏朝廷。一面大书榜文,张挂通衢各门,晓谕百姓:罪只王则等一干有名妖人,其余妖党及满城百姓,俱各申奏赦宥[1]。一应军民人等安心职业,不必惊慌等情。因此,百姓见了榜文俱各放心,朝夕焚香祝天,专待赦书恩宥。不数日间,朝廷降下圣旨,道:"依

---

[1] 赦宥:赦免罪犯,予以饶恕。

第二十回　贝州城碎剐众妖人　文招讨平妖转东京

卿所奏。"当时文招讨请过圣旨，取出一行妖人，写了犯由牌[1]，推上木驴，文招讨判了剐字，推出州衙。王则和胡永儿与一行妖人都各眼中流泪，面面相觑，做声不得。贝州看的人压肩叠背。但见：

两声破鼓响，一棒碎锣鸣。皂纛[2]旗招展如云，柳叶枪交加似雪。犯由牌高贴，人言此去几时回；白纸花双摇，都道这番难再活。长休饭，喉内难吞；永别酒，□中怎咽。高头马上，破法长老胜似活阎罗；刀剑林中，行刑刽子犹如追命鬼。□□（以下缺失）。

---

[1] 犯由牌：处决犯人时宣布罪状的告示牌。
[2] 纛（dào）：军队中的大旗。